终结

[韩] 朴赈翼 著

曹雷城 译

新华出版社

图书在版编目（CIP）数据

终结 /（韩）朴娸翼著；曹雪城译.
——北京：新华出版社，2014.12
ISBN 978-7-5166-1346-7

Ⅰ.①终… Ⅱ.①朴… ②曹… Ⅲ.①长篇小说—韩国—现代
Ⅳ.①I312.645

中国版本图书馆CIP数据核字（2014）第278659号
著作权合同登记号：图字：01-2014-3516

ENDED
Text © PARK Ha-ik 朴娸翼, 2012
All Rights Reserved
This Simplified Chinese edition was published by
XINHUA PUBLISHING HOUSE in 2014 by arrangement with Woongjin
Think Big Co., Ltd. KOREA through Eric Yang Agency.

终结

作　　者：（韩）朴娸翼		译　　者：曹雪城	
出 版 人：张百新		责任印制：廖成华	
选题策划：黄绪国		责任编辑：曾　曦	
封面设计：图鸦文化			

出版发行：新华出版社
地　　址：北京石景山区京原路8号　邮　　编：100040
网　　址：http://www.xinhuapub.com　http://press.xinhuanet.com
经　　销：新华书店
购书热线：010-63077122　　中国新闻书店购书热线：010-63072012

照　　排：图鸦文化
印　　刷：河北高碑店市德裕顺印刷有限责任公司

成品尺寸：135mm×200mm　1/32
印　　张：7.75　　　　　字　　数：130千字
版　　次：2014年12月第一版　印　　次：2014年12月第一次印刷

书　　号：ISBN 978-7-5166-1346-7
定　　价：25.00元
　　　　　　　　　　图书如有印装问题请与出版社联系调换：010-82951011

目录

CONTENTS

第一章　鬼甦

电话的另一头传来成熙颤抖的声音，只听她颠三倒四地说了一大堆，言辞中透着浓浓的不安。

"你刚才说什么？你再说一遍，慢点说！"

振宏一点儿也没明白电话那头的姐姐到底在说些什么。这让她大为恼火，在电话里冲着弟弟大吼道：

"我说妈回来了！现在正坐在电视机前拣豆芽呢！"

"什么？你说妈回来了？"

"这下就可以抓到那个浑蛋了。"

从她的最后一句话里能隐约感受到一种阴森的喜悦。

"知道了，那我马上过去。"

振宏用略带安慰的口吻结束了通话。桌上刚才还滚烫的咖啡现在已经变得冰凉。

姐姐说的是真的吗？

虽然电话里她是那么说的，但多少让人觉得还是有点儿难以置信。

已经去世的人又重新出现的事儿从几年前起便开始陆续发生，振宏对此也曾略有耳闻。说详细点儿就是命案里的被害人又重新回到人世，在亲自惩罚了曾经杀害自己的凶手之后便忽然神秘消失的现象。这种灵异事件一般只发生在两类案件当中，一类是警察没能抓获元凶使其在杀人后依旧逍遥法外的悬案，还有一类则是那些在司法审判环节凶手没有得到应有惩罚的轻判案件。这些死而复生的被害人只将那些杀害自己的凶手作为目标，精准迅速地报仇雪恨之后便会马上消失得无影无踪。媒体将这种诡异的现象称为 RVP（ResurrectedVictimsPhenomenon）现象，即所谓的"命案被害人还魂"现象。对于这类特殊案件，警察或者特工也大多会采取秘密处理的方式来尽量掩盖事情的真相。但由于这类案件在各地时有发生，RV（ResurrectedVictims）的存在也在坊间被广泛谣传为雪人或者外星人的到来。

然而，在振宏看来，这些甚嚣尘上的传言不过都是些毫无根据的无稽之谈。

他突然想起了几天前和姐夫打电话的事儿。姐夫告诉他，姐姐很不适应刚刚调去工作的那所学校的环境，整天愁眉不展，甚至还在考虑要不要辞职。莫非是因为学校过于繁重的工作让她压力过大而因此产生了幻觉?

振宏套上外套一走出办公室,坐在门口的秘书小姐便皱了下眉头。

原来三十分钟之后,他还要与瑞典的客户开一个远程视频会议。徐振宏是 AntiqueKorea(古玩韩国)公司的法人代表之一,由他掌管的这家公司的主营业务是向海外推销韩国的工艺品,自从在西欧地区打开市场之后就一直保持着骄人的业绩。近几年,"韩流"文化在韩国对外贸易蓬勃发展的助力之下,产生了巨大的扩散效应。特别是去年,出口法国的韩剧《匠人》在当地获得了空前的成功,而作为该片所使用工艺品的赞助商,振宏的公司也借此实现了令人振奋的跨越式发展。

"那个会就让李民旭去开吧,反正大概内容之前都已经协商过了。"

"可徐代表他还有自己的事要忙吧。"

"徐代表不是一直都很擅长对外接待的事儿嘛,我去也不过是打个下手,口信我也留了,你就这么和他说吧。"

振宏没有理睬办公室里响起的一阵小声议论,匆匆走了出去。

道路两旁的林荫树不知不觉间已披上了一层淡淡的黄叶。振宏开着车穿梭在早高峰的街道,又一次陷入了沉思。

"也许她只不过是一时的意识错乱吧,要不然就是忧郁症……嗯，没错，就是因为得了忧郁症。"

这些天，姐姐虽然没有和自己说过什么，但她肯定过得很痛苦。当那曾经深埋心底的伤痛与更年期综合征一结合便会让人不由自主地胡思乱想，那可是一种能让人对自己所说的谎话都深信不疑的疾病。

振宏两手紧握着方向盘，手心里早已渗出了一层虚汗。

刚才姐姐在电话里的声音还依然在自己耳畔不停地回响，仿佛从未离开。

"真的！我说的是真的！振宏，妈现在就在家呢！"

振宏努力从一时恍惚的状态中挣脱了出来。

不可能，绝不可能有这种事。

因为今天有国际马拉松大会，一部分道路被实施了交通管制而被临时封闭了。通过汽车的后视镜可以看到那些穿着花花绿绿的选手们正成群结队地努力向前奔跑着。

一辆貌似是要为选手们领路的摩托车恰好从他的车旁穿行而过。目前位居第一的选手脸上正不断地冒出汗珠，那一粒粒汗珠在正午阳光的照耀下显得熠熠闪亮。摩托车引擎发出的阵阵轰鸣像挥动的鞭子一样无情地嘶吼着。

振宏慢慢闭上了眼。

他仿佛又回到了七年前的那天，他正驱车行驶在前去看望母亲崔明淑的路上。母亲那天穿着一件已经褪了色的橘黄色羊毛衫，就站在现在马拉松选手们正在穿过的对面那条路的人行横道上。

当他看到了母亲，正环顾四周忙着寻找停车位的时候，人群中突然传出一声惨叫。

一个骑在摩托车上的黑衣男子正在抢夺母亲手里攥着的手提包。

明淑痴痴地站在原地死死拽着自己的包，没有丝毫要松手的意思。那男子被逼得忍无可忍，"唰"地从怀里掏出一把刀来，那是一把底部呈半月形的银色弯刀，看上去颇为锋利。

整整七刀。

歹徒在振宏的眼前足足刺了母亲七刀之后，才抓起母亲的手提包扬长而去。

那一刻他应该开车追上去才对，那一刻他应该记下那歹徒的车牌号码才对，但这突如其来的一切让他的大脑变得一片空白。他将车扔在路边，疯了似的向母亲跑去，全然不顾身旁如牛群般飞快穿梭着的车流。

柏油路上，汩汩的鲜血还在肆意蔓延。

那靠近母亲的一步步都像灌了铅似的沉重。

"妈！你醒醒啊，妈！"

听到儿子声嘶力竭的呼唤，倒在血泊里的明淑微微睁开了双眼。

她用生命的最后一点气力动了动嘴唇，发出了极其微弱的声音。振宏一刻也不曾忘记母亲临死前对他说的那句话。

"妈对不起你。"

虽然不知道母亲的那句道歉是因为自己被歹徒刺伤，还是因为那么多钱被抢走，但很显然后者才是真正的答案。母亲历来就是这样的人，永远都把自己的子女看得比自己更重要。

如果当时明淑不是死死攥着那包不放，也许就不会因此而丧命。可那包里装着的是为了帮儿子搞事业而筹集来的救急的钱啊。这种小事本来完全可以通过银行汇款解决，但就是为了看一眼几天都没进家门的儿子，她亲自拿着钱出了家门，没想到竟由此横生变故。

虽然警察迅速赶到了事发现场，但振宏却什么都答不上来。对于歹徒的衣着相貌，摩托车的车型、颜色等一系列对破案有帮助的细节他都毫无印象。根据神经科医生的解释，当人经历了某种自己根本无法承受的痛苦时，大脑会有选择性地拒绝唤醒隐藏在脑中的相关记忆，所以他才会出现这种情况。

母亲去世以后，振宏便将自己的一切都托付给了他的事业，好像怕自己稍有闲暇便会被那无尽的悲伤所吞噬似的。

可事业进展得越顺利，母亲的死就越像一把巨大的枷锁束缚得自己无法呼吸。

振宏现在很害怕走路，因为不管他去哪儿仿佛都能看到一个和母亲极为相像的妇女的背影。每次一看到母亲生前最爱吃的菜和核桃饼时，他的胸口都会仿佛快要被撕裂般的痛。

事业虽然发展得有声有色，但穷奢极欲、挥金如土的事他可做不来。同样作为公司的法人代表，振宏的搭档李民旭花在香车美人和奢侈品上的钱可谓不计其数，而他却依旧以最低的生活标准过着节衣缩食的生活。因为他觉得母亲是因为钱才死的，那种强烈的负罪感让他刻意回避着一切可能的奢侈。

即使是一次普普通通的海外出差，也能让他笼罩在深深的负罪感中。

振宏的母亲虽然身在韩国数十载，却几乎从未出过远门，更不用说出国了。每次一听到身边的谁谁谁又送自己的父母去东南亚旅游了之类的消息，海啸般的虚无感便会涌上他的心头。

不知不觉间，车已经开过了方华大桥，眼看就要到开花洞了。穿过一所坐落在田间的小学，再顺着弯弯曲曲的小巷一直往前，一栋熟悉的二层小洋楼便映入眼帘。

自从在清潭洞买了新房子以后，他就再也没有来过这儿了。母亲去世以后，姐姐和姐夫两个人还住在二层，母亲生前住过的一层则维持着原样。振宏的姐姐成熙也一直没能走出那件事给她带来的阴影。

院子的大门敞开着，十几个花盆排成一排放在阳台上，花盆里一朵朵菊花正傲然挺立。

振宏登上通往玄关的楼梯向里面走去，一眼便看到了母亲离家时穿的那双鞋。那是一双不大的平底鞋，凌乱地放在门口，像是刚刚才被脱下来的样子。

他的腿一下子软了。

虽然他都不辞辛苦地赶到这儿来了，但他的心中却没有一丁点儿的期待，确切点儿说其实他是为了收获失望才来的。他可亲眼目睹了自己的母亲惨死在歹徒的刀下，根本就没有理由相信 RVP 之类的无稽之谈。

虽然在一些新闻报道和报纸上也偶尔见到过类似的事情，可这些事儿能是真的吗？已经死了的人又重返人世？听上去都觉得可笑。

可是母亲此时明明安然无恙地坐在沙发上看电视啊。那小矮个儿，胖乎乎的身体，甚至连脸上的黑痣都和母亲的一模一样。

她身上还穿着那件葬礼结束后就被烧掉了的已经褪了色的橘黄色羊毛衫，身上没有任何的血迹和刀痕。

"妈……？"

秋日的阳光就像波涛一样四处涌动着,把一片金黄洒在客厅里。

绝无可能之事如今竟成了摆在眼前的事实。但这屋里如此不现实的一幕不知为什么却比屋外的现实世界看起来更加逼真。似乎眼前的一切又回到了七年前某一个再普通不过的日子,一个振宏又慌慌张张地在午休时间赶回家吃饭的日子。比起屋外停着的保时捷,母亲坐在沙发上一边看电视一边叠衣服的场景更让人觉得真实,也更让他感到心痛。

"妈……?"

明淑循声向振宏来的方向望了过去,不知为什么感觉她的眼珠变得比以前混浊了。

"嗯?我的……儿子回来啦?"

母亲的语速极其缓慢。

"吃饭了吗?"

"这怎么可……?"

"还没吃啊?"

明淑刚要起身,身旁的成熙一把抓住了母亲的手。

"妈,你就坐在这儿好好休息吧。"

"你没听见你弟弟还……没吃饭啊?我去冰箱……里找点东西……随便给他做一点……"

　　明淑晃晃悠悠地向厨房走去，她说话的感觉就像是在用一部灵敏度极差的旧电话打电话似的。

　　门铃突然响了，门外站着的是母亲生前常去教会的牧师和女信徒们。要是放在以前，振宏一定会毫不犹豫地将他们拒之门外，但这次他却让他们进来了。现在看来，他有必要要重新审视这个自己曾经一度万分抵触的所谓宗教信仰了。

　　"振宏原来也在啊。"

　　姜艺宗牧师的脸看上去甚是惨淡，消瘦。一头斑白的头发，星星点点的老年斑，实在不像是一个能主持拥有三千多名信众的教会的牧师，更别说他本应该具备的那种威风凛凛的气势了。就在明淑遇害的那个春天，姜牧师与教会某位女信徒之间的性丑闻被人曝光，教会的众多信徒们也都因此纷纷四散离去。周围的很多人都曾劝他就此放弃教会，他非但没听进去，反而在附近的大街小巷发起了旨在帮助那些离家出走的学生的活动。这么看来，他倒更像是一个为了东山再起而拼命挣扎的落魄政客了。

　　姜牧师的视线渐渐移向了厨房，突然，脸上泛起一阵惊恐。

　　"哦！主啊！怎么会有这种事……"

　　连他身边的女信徒们也都吓了一跳，全都将《圣经》放在胸前叽里咕噜地祈祷起来。

振宏的脑子里突然闪过一条不久前刚刚听到的新闻，说梵蒂冈前不久成立了一个专门的调查委员会，来调查在世界各地频频出现的RVP现象。

梵蒂冈这个国家虽然保存着数百年间累积下来的关于驱魔的大量资料，但至今也未能探明RV的真身。他们在用圣水、祷文、圣珠、十字架等圣物举行驱魔仪式的时候，RV们从未有丝毫的抵触情绪或反抗行动，反而表现出一种十分顺从的态度。

激进的神学家们认为RV的鬼魅就是《圣经》中所预言的"恶灵之复活"。他们以《圣经》中所谓"耶稣复活之前就已灭绝的恶灵们又重新复活了"的预言为依据，认为RVP的出现是一种预言，是即将到来的世界末日的征兆。

"崔执事，崔执事，我们来看你了。"

听到姜牧师的呼唤，明淑转头望了过来。

一看到生前一直追随其后的姜牧师，她的脸上顿时露出了微笑。

那分明是一张天使般的脸，全然没有那些被鬼魂附身者身上所散发出的难以掩盖的邪恶气息。

姜牧师的嘴里下意识地冒出一句《圣经》中的句子来。

"上帝替他解除了死亡的痛苦，令他复活，因为他本不该被死亡拘禁。"①

大家都像丢了魂儿似的呆呆注视着正在做饭的明淑，那样子就像是在满怀敬畏地看一个降临人间的圣人。

信徒中的一位女执事掏出自己的手巾不停地擦着自己的眼眶，站在一旁的成熙也难掩自己的泪水。

"这些人怎么都像是被催眠了？"振宏想。

但他却像是众人之中最判断不清的那个。

他只知道一条亘古不变的真理——死亡对所有人都是公平的。不论你身为富豪，圣人，还是哲学家都终究难逃一死，而且人死也绝对不可能复生。

所谓"冷冻休眠技术"虽已日渐发达，但至今还无法成功解冻被冷冻者。去年11月，新西兰的一个科研团队尝试着解冻了一个儿童，虽然解冻成功，但那个儿童却在解冻两小时后被宣布脑死亡。即使是最近为人所热议的克隆人技术也还无法移植人类的记忆和意识。

母亲已经死了。

振宏在事发现场清清楚楚地目睹了母亲的死，他作为主丧人亲自主持了母亲的葬礼，他也亲眼看着母亲的遗体被送进火

①译者注：语出自《圣经·使徒行记》第二章第二十四节。

葬场并将母亲的骨灰亲手安放在了灵堂。母亲的青瓷骨灰盒现在就放在京畿道安城市一竹面仁人纪念堂的3层2室14列4号，上面还雕刻着精致的菊花纹路。

但说这些又有什么用呢？母亲现在就好端端地站在那儿啊。

那个站在厨房里切着土豆，熬着肉汤，将豆腐放进锅里正在做大酱汤的人不就是母亲吗。不一会儿，振宏最爱吃的南瓜饼、泡菜炒金枪鱼便都出锅了。什么科学，什么理性，都随着菜叶菜根一起被一股脑儿丢进了垃圾桶里。

连饭菜的香味儿都和母亲生前做得一模一样，这怎能不让人觉得之前发生的一切都只是一场梦？

"可能是在梦里梦到母亲去世了吧。"

年幼的振宏每次做梦惊醒了的时候，睡在一旁的母亲便会马上起身，一边哄着大声呜咽的儿子一边给他喂奶。

那是一种连指尖都能感受到的生命的力量。

"去把桌子拿来摆上。"

成熙走过来在他耳边悄悄说。

振宏这才回过神儿，走进里屋把桌子抬了出来。那是一张大桌子，大到连教会的一行人也都坐得下。

成熙赶紧用抹布擦了擦桌面，母亲便从盘子里拿出碗来一个一个摆在桌上。菜都摆好之后，大家便坐了下来。

为了确定此时此刻发生的一切不是在做梦，大家刚一动筷子，振宏便迫不及待地把饭菜往嘴里送。大酱汤烫得让人无法下咽，煎鸡蛋则做得恰到好处。

前不久刚刚失去丈夫的李执事打破沉默，第一个开了口。

"崔执事，您见到我主耶稣了吗？"

刚放下水杯的明淑怔了一下。

"你是说上帝吗？"

"天堂真的像书里说的那么美吗？

"不知道您有没有见到我丈夫啊？"

女信徒们的问题一个接一个。

明淑就像个遇到了数学难题的小孩儿，一脸的慌张。紧接着，姜牧师也开口问道："你为什么又回来了？上帝为你做出审判了吗？"

"审判……？ 审……判……过了吧。"

明淑一字一顿地慢慢答道。

她仿佛是在回想着些什么，像是一台忘记了指令的机器人，徐徐地转过头来。

在逐个打量完围坐在餐桌之上的每一个人之后，她的视线最终停在了自己的儿子振宏身上。

那视线宛如尖刀般锋利，寒气逼人。像僵尸一样复活了的明淑用她那摄人心魄的眼神直勾勾地盯着振宏的胸口审视了一会儿。然后又像坏了的提线木偶一样机械地摇了摇头，然后突然踹开凳子跳了起来。

"妈！"

"崔执事？"

之前一直慢悠悠的她转眼间变得像猎豹一样身手敏捷。

只见她提着一把菜刀从厨房里猛冲出来，毫不犹豫地向自己亲生儿子的胸口上扎去。

振宏呆若木鸡地坐在原地，对拿着刀迎面扑来的母亲毫无防备。若不是坐在一旁的姜牧师眼疾手快，估计他还没来得及叫唤一声就已经命丧黄泉了。

姜牧师用一直拿在手里的《圣经》当盾牌，及时挡住了那把刺向振宏胸口的菜刀。不知明淑用了多大的力气，竟将他手里攥着的《圣经》生生刺穿，正好穿过书的正中央。

牧师使出全身气力死死地抓着书，手掌上已然留下了深深的刀口。殷红的鲜血已浸透他那破旧的衣袖，一滴一滴地坠落在地板上。

这样胶着的状态持续了许久。

对于明淑不分青红皂白疯狂刺杀自己儿子的事儿任何人都无法理解。屋里凡是被她抓住的东西都被她打翻在地或者摔得粉碎。

最后迫不得已，年迈的牧师和信徒们只能先用被子将她紧紧地裹了起来，这才阻止了她疯狂的袭击。

虽然全身已被牢牢地束缚了起来，可她仍然用眼睛死死地盯着自己的儿子，眼神里充满了愤怒。

那是一种前所未有的恐怖的眼神。

崔明淑杀子事件已经是目前韩国境内所发生的第七起有记载的 RVP 事件了。

第二章　搜查

最先出现 RVP 现象的国家其实是美国。

2017 年 11 月，住在美国亚利桑那州的梅根·奥斯瓦尔德在门道里看到自己的女儿正向自己走来，当时她正在为即将到来的感恩节晚宴准备苹果派。

这个穿着天蓝色亚麻裙子的女孩儿和她的女儿罗伯塔·奥斯瓦尔德长得一模一样。无论是那条喜欢甩来甩去的右腿，还是那独一无二的雀斑和时而颦蹙的双眉都无疑只属于她女儿一个人。但万分惊讶的梅根却始终无法说服自己，说服自己去相信眼前的这个孩子就是她的女儿。

因为梅根的女儿早在十三年前就失踪了，即便能活着回来，现在也应该是个二十九岁的大龄女青年了。

可她眼前的这个"女儿"还依旧保持着当年失踪前的稚嫩容颜，还在用儿时娇滴滴的细声细语呼唤着她。

"妈妈。"

每当人类遇到一件完全有悖于常理的神秘事件时，都会竭尽全力地想要去探明这些未解之谜背后的真相，这是人类的天性。

而梅根和她的丈夫理查德·奥斯瓦尔德两人恰恰就是因为这样的理由才将他们调查的目标定格在了"外星人"的身上。这对思维正常、性格朴实的美国夫妇将他们几十年来所看过的全部科幻小说、电影和纪录片重新整理了一遍，之后，一个全新的世界观在他们的大脑里形成。他们咨询过不计其数的外星人研究团体，收集了大量五花八门的资料，也听到过一些关于疑似遭外星人绑架并离奇失忆的人的故事。他们还听说在催眠术的帮助下，被催眠者往往能重新回忆起自己与外星人见面时说过的话。

于是，奥斯瓦尔德夫妇在别人的引荐之下，带自己的女儿去见了当时一个十分著名的催眠师。

在实施催眠的初期，这对夫妇内心焦急万分，他们希望能从女儿嘴里听到一些他们一直以来都满怀期待的内容，诸如她遭外星人劫持后被做了活体实验抑或是跟着它们做了一次梦幻般的宇宙之旅之类的故事。

然而，罗伯塔最后说出的话完全出乎他们的意料。

"那天，我刚一出门就见到了舅舅。他对我做了坏事之后怕被人发现就把我杀了。我的尸体现在就被藏在科罗拉多河河边的一个大石头底下。我回来是为了'审判'他，以后，会有越来越多的人因为相似的理由而复活的。"

据说当时罗伯塔所留下来的影像资料后来落在了 CIA（美国中央情报局）的手里，并将其作为一起 RVP 事件分发给了世界各国的情报机构负责人，但只给了他们其中的一部分。

催眠实验结束的那天傍晚，奥斯瓦尔德夫妇便给弟弟道格拉斯打电话让他到家里来一趟，然而他们最终却没能从他的嘴里获得任何关于自己女儿的信息。因为就在道格拉斯穿过院子拉开屋门的那一瞬间，一个重达十五磅的大花盆径直从三楼坠下，不偏不倚，正中他的头顶。

道格拉斯在那场离奇的"事故"中当场死亡，连一句遗言都没有留下。

慌乱中，夫妇二人连忙爬上三楼，只见女儿罗伯塔浑身散发着耀眼的白光一点一点地消失了。

在当时，人类对 RVP 现象还没有任何的报道和记录。后来，因为涉嫌谋杀自己的亲弟弟，奥斯瓦尔德夫妇整整被警察和司法部门纠缠了三年，直到针对这一事件的调查完全结束他们才得以脱身。

第二起 RVP 事件发生在同年 12 月初的中国北京。

这起事件由一件耸人听闻的连环杀人案而起。犯罪分子把被富商们包养的"二奶"作为谋杀对象，整个作案过程天衣无缝，手法极其隐蔽娴熟，公安们费了九牛二虎之力也没发现犯罪分子的踪影。但是就在公安们束手无策的时候，某一天，三名被报失踪的女性和两名已找到尸体的受害女性突然集体出现在了当地公安局里。

当时亲眼目睹 RVP 的人中，不仅有当初亲自为她们做过尸检的法医，还有最后负责处理这些尸体的相关鉴定人员。

这些被他们百分百确定已经死亡的受害者们不仅又活生生地重新出现在他们面前，还一五一十地向他们讲述了自己是被谁，用何种手法，如何杀害的全过程，公安局里的警察们见到眼前的这一幕，一个个都目瞪口呆。被报失踪的三名女性声称她们和其他两名女性一样，也是被人用同样的手法杀害，还告诉了警察自己尸体现在所处的位置。

虽然这种事情在当地史无前例，但负责这起案件的公安局局长却对这些凭空出现的受害者们的陈述深信不疑。

因为他认为谋杀案中的被害人，毋庸置疑是最了解整个事件经过的头号目击证人，而被害人本身的存在就可以成为抓获凶手最好的线索。

为了抓捕被害人口中所说的凶手王毅，警方立即展开了周密的部署。

然而，警方最后却没能生擒凶手。因为他们刚一发现王毅的踪影，5名RVP就像饿狼一般向自己的仇人扑了上去，瞬间便将他撕了个粉碎。

凶手王毅最终因肢体大面积损伤造成失血过多而死，直到帮他续命的心脏起搏器最终停止的那一刻，RV们才发着光从人们的眼前消失了。

这一事件被人称为21世纪版的"聊斋志异"，很长一段时间里都一直是当地电视台和报纸的头条新闻。

直到经历了2019年的一件事之后，RVP才算被人们正式确认和广泛接受。在此之前的2005年，英国曾发生了骇人听闻的"伦敦地铁爆炸案"。RVP出现在那起恐怖袭击发生的若干年后，并对制造爆炸案的恐怖分子进行了"审判"，人类由此才开始对地球上正在发生的这类奇异现象有所关注。

伦敦地铁爆炸案发生在2005年的7月7日这一天。当天，恐怖分子事先在伦敦的地铁和公交车上分别放置了数枚炸弹并同时引爆，袭击共造成56人死亡，700多人受伤。事发后，英国警方出动大批警力，在短时间内逮捕了涉嫌制造该起恐怖袭击的4名巴基斯坦裔英国人。

而那起事件则发生在十四年后的2019年4月12日。

这一天是英国哈里王子大婚的日子，为了庆祝这一盛事，数万人云集在伦敦街头。但大约就在王子的婚礼即将结束的时候，拉塞尔广场上却发生了异常情况。

一群浑身发光的人突然出现在广场上，开始用手往去处抠铺在广场上的石头。

那些发光者正好有 56 人。

虽然在附近巡逻的警察们在得知有紧急情况发生后第一时间就赶到了现场，但 56 名 RV 轻而易举地就摆脱了他们，之后径直向正在举行婚礼的圣保罗大教堂走去。一进教堂，他们就都不约而同地将自己手中的石块砸向了位于教堂前排的著名阿拉伯裔富商艾哈迈迪·本·哈桑。

富商的周围当时被保镖们围得如铁桶一般，他与 RV 们之间的距离也有足足 30 米远，但那些急速飞来的石头都像长了眼睛似的直扑富商而来。结局自然不言而喻，被乱石砸中的艾哈迈迪当场死亡。

之后 RV 们一齐用洪亮的声音高声呼喊道：

"审判完成了！"

接着，56 名 RV 就在世界各国媒体的镜头之下从人间蒸发。当天，英国全境有很多人都在通过电视直播观看哈里王子大婚的盛况，其中一些人惊讶地发现电视画面中出现的 56 名 RV 之中竟有自己已经逝去多年的亲人。

而这些人无一例外都是 2005 年伦敦地铁爆炸案中的死难者。

和这次事件相关的消息马上就被封锁了，但由于事件目击者们纷纷将自己当天的亲身经历上传到了 Facebook 或 Twitter①之类的社交网络上，使得这一消息很快就扩散到了世界各地。而在 Youtube②上随时都可以看到大量关于"拉塞尔广场 RVP"的视频。

一时间，民众要求政府重新全面调查"伦敦地铁爆炸案"的呼声四起。最终，由英国情报局 MI5③重启调查。之后他们向社会公开的证据可以充分证明，富商艾哈迈迪·本·哈桑就是 2005 年伦敦地铁爆炸案的幕后黑手。

可是，在这一神秘事件中，最受伤的并不是那个被"就地正法"的富豪，而是当天被抢了风头的哈里王子和他的王妃，他俩悲催的婚礼也成了日后人们茶余饭后的谈资。

到目前为止，韩国总共发生过 7 起 RVP 事件。

有在连环杀人案中被害的女性，有被挖掉器官后抛尸荒野的欠债人，有被丈夫残忍杀害后以离家出走案处理的越南裔妻

---

①译者注：即"脸谱网"和"推特"，均为世界著名的社交网络服务软件。
②译者注：世界最大的视频网站。
③译者注：即"军情五处"，英国最著名的秘密情报机构，专门为政府处理安全、防务、外事、经济方面的事务搜集情报。

子①，还有惨死在养母手中的八岁幼童等。这些 RV 们都在亲手处决了杀害自己的凶手之后便神秘消失。

发生在上周的崔明淑杀子案最初是由首尔警察厅接手的，可后来这个案子被转给了韩国国家情报院（NIS，National Intelligence Service）。

崔明淑案与之前发生的 RVP 案件有几处不太一样的地方。

一是当差点儿被"审判"了的徐振宏带着处于 RV 状态的崔明淑来警察局报案时，崔明淑的手脚是被捆绑起来的。还有一个则是这起案子的 RV 是在大仇未报的"生活状态"下被捕获的。到目前为止，世界范围内还没有捕获"生活状态"下 RV 的先例，NIS 这次可以说是立了头功。

但是在针对七年前崔明淑被害案的调查重启之后，警察们还是无法找到任何有效证据可以证明当初就是徐振宏杀害了自己的母亲，这一点尤为诡异，因为 RV 还没有杀错人的先例。

七年前法医在对崔明淑进行尸检时，曾在她的衣领上发现了凶手的 DNA 残留物，但 DNA 的分析比对结果与徐振宏的遗传信息完全不匹配。当时在场的目击证人所提供的证词，也无

①译者注：在韩国，有大量的越南女性为了取得韩国国籍或长期居留务工权而在语言不通的情况下自愿或被骗嫁给韩国农村的一些独身男子。因语言、年龄、文化背景、经济等条件的巨大差异，这样的家庭往往会产生诸多问题，目前已成为韩国的主要社会问题之一。

法证明徐振宏有任何的杀人嫌疑，都说是凶手连刺了明淑几刀后便骑上摩托车夺路而逃，之后振宏便出现了，并将母亲及时送到了医院。

上级有关部门专门安排了 RVP 专案组的探员白夏萤和吴敬采二人来处理此案。在和犯罪嫌疑人见面之前，夏萤特意熟读了几遍整个案件的卷宗。

"伦敦地铁爆炸案不就是这样的吗？因为主犯和从犯并不在一起，所以 RV 们为了处置真正的幕后黑手，在从犯被统统抓获之后才集体出现。我觉得这次这个案子应该也是这个道理。当时，徐振宏的公司正在遭遇持续性的资金短缺，他后来得以渡过难关，正是凭借着母亲被杀后从保险公司获得的巨额理赔款，这里面难道就没有什么耐人寻味的地方？"夏萤向后捋了捋自己精心收拾的短发说道。

听完夏萤的分析，敬采露出一脸的不屑："可你没有证据啊！因为已经变成 RV 的母亲要杀自己的亲儿子，所以你才会想当然地认为徐振宏就是凶手，你这明显是先入为主嘛。"

"前辈①，到目前为止 RV 还没有错杀过任何一个无辜的人呢，连 CIA 那边都是这么说的啊！"

---

①译者注：韩国人对年纪比自己略大，或年纪、职位等比自己略高的人的尊称。

"这个世界上有什么是绝对的吗？本来死人复活这种事儿就够怪的了，你怎么能让人相信 RV 永远都会站在正义的一方？"

敬采一连串的质疑让夏萤恨得咬牙切齿，她脑子里想"那不过是你的想法，我这叫归纳法，你懂吗你？"

一想到以后要和这种人一起共事夏萤就头痛不已。自从第三十五任国情院院长全成钟主掌大局之后，国情院的内部人员来了一次大换血。以前只要一提起 RVP 专案组，那就是危险与特殊的代名词，故而历来被国情院的精英们当作日后想要出人头地的必由之路，谁曾想如今竟成了一群乌合之众的聚集地。

其中最具代表性的人物便是夏萤的新搭档吴敬采。

"所谓'混沌'才是当今现实世界得以运行的基本原理。在这个阴暗的世界上怎么可能存在什么伟大的'正义审判员'？RVP 搞不好就是某些人正在秘密策划的一场极其危险的阴谋。"

敏捷的身手，冷峻的外表，单从外表上来看，吴敬采这个人确实特别适合做秘密探员。但问题是每次只要他一张嘴，就要强迫周围的所有人都接受自己大脑里所特有的哲学理论和精神世界，他应该庆幸自己还没有被完美而又现实的 NIS 探员们公然地孤立起来。

在此之前，白夏萤和每一位搭档都相处融洽，十分顺利地实施着自己的升职计划，但吴敬采的到来让她十分不快。上个月，组里组织聚餐喝酒的时候，自己因一时口误得罪了副院长，可没想到竟因此落得这么个下场。那天，她在酒桌上说副院长是个心胸狭隘的糟老头子。

"但徐振宏的作案嫌疑很大啊！当时调查的时候，我还顺便了解了一下他上大学期间的情况……"

"大学期间？"

夏萤用蓝牙将存在平板电脑里的文件传给了敬采。那是一份关于徐振宏大学二年级时曾涉嫌参与一起轮奸案的文件。

当时，徐振宏参加了学校里的一个农乐演奏社团，还经常和社团的朋友们一起，做一些给身边社会弱势群体的孩子辅导功课之类的志愿活动。而事情就发生在水平能力测试①之前的一百天。那天，也是振宏所在大学校庆日②结束的日子。当天农乐队的演出大获成功，结束之后，队员们都提议出去好好庆祝一下。觥筹交错中，一个个都喝得酩酊大醉，神志不清。聚会的气氛于是渐渐开始变得异常起来。其中的几个队员以高考"百日"的名义，频频向一个他们曾经教过的高三女生劝酒。这个

---

①译者注：即韩国的高考。
②译者注：韩国的"校园庆典"不同于中国的"校庆"，其形式更接近于中国大学的校园文化节之类的活动。多数韩国大学每年都会举行一次，活动持续数天，向全社会开放。活动期间会开展主要由学生们出演的各种各样的文艺活动，有实力的大学还会邀请韩国的著名艺人参加表演，是韩国大学生生活的重要组成部分。

女生名叫申彩儿，长相颇为俊俏甜美，她那个时候正和自己罹患老年痴呆症的奶奶相依为命。

"虽然自己遍体鳞伤，但因为忌惮社会上的风言风语，可怜的受害人始终没有勇气去告发他们。这些强奸犯们甚至还一个个拿着奖学金读完了大学。听说毕业之后全都找到了相当不错的工作，某些人还成了前途一片光明的企业的 CEO。而受害人申彩儿小姐呢？现在却不得不住在某栋白色建筑的小单间里悲惨度日。"

"哎呀，怪不得都说你是精英呢！"

听到夏萤一番慷慨激昂的控诉，敬采的眼睛睁得硕大。如果一个人被此事如此牵连却还能整日高枕无忧过生活的话，那么就有充分的理由相信，他很有可能会再次犯罪。尽管强奸犯和杀人犯这二者有所不同，杀人犯与杀亲犯之间也是差异巨大，但对于自己当初提出的先把犯罪嫌疑人当作无辜的普通市民然后再接近他调查他的策略，敬采也觉得也许应该重新考虑一下了。

二人来到审讯室，打开门，里面坐着的正是这起悬案的犯罪嫌疑人徐振宏。虽是个即将步入不惑之年的中年男人，但他皮肤白皙，光滑的面庞上没有一点儿瑕疵。乍一看上去，他就是个弱不禁风的白面书生，浓眉大眼，鼻梁端正，但如果仔细观察的话，越看越觉得他不像个普通人。他的黑眼圈在雪白皮肤的映衬下显得愈发明显。

单看脸，徐振宏和普通人其实没什么两样。

他一看到有人进来就赶紧问道："我妈现在在哪儿？"

"你不用担心，她很好。"

夏萤的回应显得有些冷冰冰，因为徐振宏明摆着话里有话的提问让她很是恼火。她将右胳膊里夹着的文件夹递给了他。

振宏小心翼翼地接过文件夹，那里面装着这些天来医务人员对 RV 崔明淑所做的包括尿检、血检、X 光、MRI（核磁共振成像）及内窥镜等一系列检查在内的最终结果。虽然她的出现很不可思议，但她身体各项指标的检测值都是正常的，甚至在之后的心理健康测试中也没有表现出任何的异常。

检测结果显示，处于生活状态的 RV 和活着的普通人之间几乎毫无差别，这让所有参与检查的医务人员都倍感绝望。

浏览完检查结果，振宏无声地笑了一下。

"真是万幸啊，以前检查的时候她的甲状腺还有点儿不太正常……"

做过检查的不止崔明淑一个人。

之前，由国内顶尖的供词分析专家、犯罪场景再现师、犯罪心理学学者等专业人士组成的团队也曾对振宏做过各种各样的精神状况鉴定。

"上次做的那个 PCL-R 测试你还有印象吗？你难道对测试结果一点儿也不好奇？"

"那当然是正常的咯，我又不是精神病。"振宏淡淡地说。

"虽然之前已经说过一次了，但我想再次重申一遍，我和我母亲的死没有任何的关系，可是我亲自把我母亲送到警察局里的啊。我母亲变成 RV 后想要杀我的事实确实让我难逃嫌疑，但现在我甘愿暂时背负这样的嫌疑，毕竟抓住真凶才是当前最重要的事。只要你们能抓住凶手，母亲就没有办法杀我了。我以后也就不用整日活在母亲会在某一刻突然离我而去的恐惧当中了。"

夏萤看了看他的眼睛，觉得他的辩解多少还有些道理。

但是她并不相信他。崔明淑确实是他亲自送到警察局来的，但事情也许并没有表面上看起来那么简单。作为一家大公司的老板，他可谓跑得了和尚跑不了庙。既然明知自己跑不掉，倒不如铤而走险，出此下策对他来说也未尝不是一个好办法。

如果他将母亲成功安置在了某个十分安全的地方，不仅他自己的性命可以得到保全，还可以摆脱杀母的嫌疑，不能不说是个一箭双雕的好计谋。

那个所谓的 PCL-R 测试也不值得一信。PCL-R 测试几乎无法准确鉴定文化程度很高的精神疾病患者，因为测试中所使用的题目对于这些人来说答案过于明显。

振宏接着说："对于你们把我和我母亲长时间监禁在这里的事，我们并没有表现出任何的不满，但这不过是为了配合你们早日抓住真凶。这个你们应该很清楚吧？到底是谁杀了我母亲？你们做过催眠疗法了吗？"

"已经做过了。"

"结果呢？"

"结果当然要告诉你了。"

敬采坐在一旁津津有味地听着两人有趣的对话，直到被搭档踩了一脚后才回过神来放下了手里的平板电脑，把里面正在播放的视频调到了12分30秒处。

画面上出现了一间小黑屋。

医生向处在催眠状态的崔明淑提出了第三个问题。

"……您为什么又回到这个世界了呢？"

"为了回来'审判'那个杀了我的人……"

意识模糊的崔明淑在睡梦中答道。

"那么，当初杀您的人是徐振宏先生吗？"

"不，不是，杀我的不是那孩子。"

她不停地摇着头，连身下的扶手椅也在随着她一起晃动。

"那您为什么要攻击他呢？"

"因为他杀了我啊，是他杀了我。"

"您这是什么意思？崔明淑女士？您刚才不是说杀您的不是徐振宏先生吗？"

"嗯，对，杀我的不是他。"

"那您到底为什么要攻击他啊？"

明淑的脸上突然露出了十分迷惑不解的神情，身体不停地抽搐着。

"因为是他杀了我啊！"

"不要再放了！"

振宏大吼道。看到母亲深陷痛苦之中的影像，振宏似乎有些动摇了。他从椅子上站起身来，不安地在审讯室里踱来踱去。

"我母亲为什么会是这样的反应？RV 们不是应该很清楚谁才是杀自己的凶手吗？"

"没错儿。经过长时间缜密的调查，CIA 对这个结论更加确定。RV 们从未出过差错，一次都没有。"夏萤斜着嘴角说。

"那我母亲为什么还那么说？"

"徐振宏先生也许比我更清楚其中的原因吧。"

两人之间的谈话氛围迅速恶化。夏萤慢慢将手抱在胸前。

"从之前处理过的案子来看，即使 RV 复活之后十分虚弱，它们也知道如何保护自己。或许崔明淑明明知道是自己的儿子杀了自己，但下意识里会因为无法接受这样的事实而拒绝承认。

事实上，至今为止发生的所有 RVP 事件中还没有一起子女杀害父母的案例。是你母亲太爱你了，以至于她无法相信是你杀了她，对吗？"

"我都说过我不是凶手了！到底要我说几遍你们才能相信？当时在母亲衣服上发现的 DNA 的主人你们找到了吗？你们还是先把那个人找出来再说吧。你们不会是还没找到吧？连最重要的嫌疑人都没找到，所以现在就想把我诬陷成凶手吗？我再重申一遍我不是凶手，我真的是清白的！"

事实上，韩国国情院是世界各国情报机构中第十个秘密建立全民 DNA 数据库的情报部门。但在庞大的数据库中竟找不到任何可以与从崔明淑羊毛衫上提取出的 DNA 物质相匹配的对象。根据 DNA 的最终分析结果，专家们一致认为该 DNA 属于中国人的可能性最高。

但这是他们能从那 DNA 上得到的唯一线索，原因很简单。首先，要求中国公安部门为发生在韩国的案件使用 DNA 分析系统绝非易事。其次，即便获得批准，由于中国人口众多，其DNA 数据库是否健全本身就值得怀疑。

听完振宏的话，夏萤笑了："现在是时候使出撒手锏了。"

"你说你是清白的？那申彩儿女士也会这么想吗？"

徐振宏听到这个名字时大吃一惊，他万万没有想到这个名字会从夏萤的嘴里冒出来。难以掩饰自己内心慌乱的他欲言又止。

"赢了！"夏萤的嘴角露出一抹淡淡的微笑。对她来说，徐振宏案就像是天上掉下来的馅饼。通过侦破这个案子来获得破格提拔的机会正是夏萤的目标。那种针锋相对的紧张感充斥在两个人之间。

此时，敬采突然插话了。

"你既然这么肯定你说的是实话，那么你母亲就是 RV 中的残次品咯。"

"你说什么？"

振宏恶狠狠地瞪着他。

"我的意思是她是唯一一个成为残次品的 RV。从我个人的角度，我希望你最好说的都是实话。"

"不是希望，是我本来说的就是实话。"

"那怎么办啊？还是什么也证明不了……崔明淑女士要是杀了你之后消失的话，你就有罪；不消失的话，你就无罪。但是这种方法不能用啊！即使天底下最有孝心的孝子也没有办法为此赌上自己的性命吧？所以只能麻烦你再耐心地等等了。"

敬采完全不顾自己的话是否无礼，咧嘴一笑。

振宏则气得紧紧攥着拳头，估计敬采要是再多说一句他就要冲上去狠狠地抽他了。

第三章　真凶

　　振宏往来于审讯室与寝室之间已经一月有余了。这样的生活和坐牢已没有什么分别。他的一举一动都会被天花板上的监视器监视，他说的每一句话也都会被监听。虽然还能用手机与外界通话，但被人监听的感觉还是让他很不舒服。在这里，唯一被允许的娱乐活动只有看电视。平日里忙得不可开交的他只能偶尔抽空看看新闻，而现在，他每天看电视的时间平均都在十个小时以上，以至于他现在对所有节目里出现的演员和制作人都一清二楚。他不厌其烦地检查着节目中各位偶像歌手的排名，看搞笑的娱乐节目时也会不由自主地跟着一起大笑，而此时外面的世界则依旧异彩纷呈。12月将要举行的总统大选在即，各位候选人之间已展开了如火如荼的竞争；"国民演员"安熙载传出了将要结婚的消息；受到重金属污染的中国产辣椒粉在韩国大范围流通的消息也广为人知。

　　振宏和母亲没法使用同一间屋子，因为只要她和振宏待在一起就会无端失控。

于是他们在房子中间筑起了一道墙，将房子分成了两部分，让两人各住一边。墙的顶端和底端是连通的，因而他可以听到母亲那边的动静，也可以和母亲说话。

在与死而复生的母亲一起生活的这一个月里，振宏弄明白了两件事，一是千万不能与母亲有任何的眼神接触，二则是不能冲动。只要两个人的目光一交汇，母亲的性情便会马上发生一百八十度的大逆转。

即便如此，振宏也依然默默承受着这一切。只要抓住真凶自己的罪名便可以得到清洗，母亲也可以像以前一样继续生活了，这就够了。他总是想，别说监狱，即使是地狱他也可以忍受。

他还偶尔和外面的人有些联系。

和姐姐成熙的每一次通话都能感受到她心中十足的火气。因为即使她亲自找到这儿来也无法与自己的母亲和弟弟相见，每次送来的食物和衣服也只能由工作人员代为转交。

"到底还要等多久啊？教会那边每天打来电话问咱妈能不能参加今年冬天的复兴会①，说如果她参加的话会吸引更多的信徒，他们简直就和蚂蝗似的叮着人不放。

---

①译者注：基督教下属的小团体，信徒们更加虔诚，是为了忏悔而专门举行的礼拜聚会。

"对了，之前逛商场的时候我给妈买了几身衣服，看着还不错，但不知道妈穿了好不好看。冬天来之前你们应该能出来了吧？你姐夫说想带妈一起去泰国旅游，已经在旅行社订好了，12月中旬的时候可以吗？你没事儿的话就一起走吧，我们可以像小时候那样一起照照片，吃好吃的。"姐姐还说。

踌躇不决的振宏终于开了口。

"姐，那个人还好吗？"

"谁？"

"就是那个人……"

一时有些激动的他没有接着说下去。

"听说她被送进精神病院了？你怎么没告诉我啊？"

话筒里一阵长久的沉寂。

"我不是怕你分心吗，你一天这么忙……"

"可我多少也知道一点儿啊。"

"说句良心话，你做的已经够多了。迄今为止，我们给她家寄了多少钱了？要不是你，她奶奶哪儿能活到今天。你别胡来，剩下那几个人有谁管过了？浩石去年结婚了，原来那个不学无术的小混混珉俊，听说他老婆最近又生了一个，他们因为那事儿就毁了自己的下半辈子难道不冤吗？"

浩石大哥结婚的事儿振宏一点儿也不知道。那件事发生之后，农乐演奏社团就彻底解散了，涉事的几个人要么参军，要么休学，要么就提前毕业了，从那之后各自便再也没见过面。

胖乎乎的总是"呵呵"傻笑的学长程浩石和总是细心照料孩子们的同窗好友安珉俊二人的样子突然在脑子里一闪而过。腼腆的不怎么抛头露面的英浩和对学弟学妹们照顾有加的载京学长也都是十分善良的人。他们为了拿奖学金，每日刻苦学习，为了减轻父母的负担，利用课余时间在外打工。即使收入微薄也还是要挤出来一些请低年级的小辈们吃饭。虽然平日里看起来小心谨慎，但内心却都是时刻充满温情的人啊！

善良的彩儿又有哪点不好呢？困苦的家境虽然让她形成了倔强的性格，但内心却还像小孩子那般纯净、稚嫩。这个曾对老师们有所戒备的孩子在那件事儿发生之后发奋学习，为了弥补落下的学业费了不小的力气。

直到现在，也没有人能说得清当初那件骇人听闻的事究竟是怎么发生的。

彩儿最终决定放弃报警的那一刻，振宏心里的石头才算落了地。

"我现在是在赎罪吗？"

母亲去世后一直在深深困扰着他的自责感再一次涌上心头。也可能是某个神秘之人为了惩罚振宏卑鄙的所作所为，先杀了他的母亲，然后又让她活过来了吧。

"但遭天谴的人应该是我啊！我母亲有什么错？"

民旭也和他通过几次电话。作为公司的共同法人代表，同时也是大财阀的远亲，民旭为了救他出来可谓殚精竭虑，几乎动用了自己所有能动用的关系和门路。

"钱也给了，人也找了，可把你弄出去怎么就这么费劲呢？你也不是什么值得爆料的明星大腕儿啊，妈的。现在所有的小道消息都被我暂时封锁了，但不知道还能瞒多久，每天急得我是如坐针毡。如果股东们知道你被拘留的消息，股价肯定会暴跌的，那可怎么办啊？

"你和我说实话，你到底是惹了什么事了？你是犯了多大的事儿竟然连我大爷爷都解决不了，啊？"

这事原本就没有什么隐瞒的必要，而且民旭也对此有知情权，再三思量之后振宏便将事情的前因后果向他和盘托出。

听完振宏的一番讲述，民旭发出一阵冷笑。

"现在都火烧眉毛了你还有心情和我开玩笑呢？那你还不如说是外星人来了岂不是更有意思？"

任凭振宏怎么说，民旭都不相信他所说的是真的。于是振宏给姐姐打电话，让姐姐把母亲回来那天拍摄的视频给他发过来。那是一段用手机拍摄的视频，画面中，母亲一边看着电视一边剥着蒜。他马上把收到的视频转发给了民旭，开始等待民旭接受这一现实的那一刻。

因为两人既是高中同学又是大学同学，所以民旭也曾来过振宏家几次，而且亲眼见过振宏的母亲。振宏从小就是个刻苦学习的好学生，罕有什么娱乐活动，因而明淑对经常陪伴自己儿子左右的民旭也是万分感谢。身体健壮却很鲁莽的民旭总是能在男孩子们中间扮演领导的角色。振宏也时常觉得自己能交到民旭这样一个好朋友真是自己的福分，毕竟两个人所处的阶级不同，生活背景也有着天壤之别。正是通过民旭，自己这个穷书生才见识到了一个崭新的世界。两个人从高三开始就几乎一起生活，一起学习了，民旭的成绩也在振宏的帮助下渐渐有了起色。

等待的时间比自己预想的要久，再次接到民旭的电话已是一小时以后的事了。民旭说是因为鉴定那段视频的真伪花了他不少的时间。

"可……这是真的吗？你妈真的复活了？要是她在你旁边的话我要和她视频通话，不然无论如何我也不相信。已经去世的人怎么可能再活过来？"

突然，门外传来"哐哐哐"的敲门声。从铁门上的小窗向外望去，窗外是那张熟悉的脸，是那张时刻监视着振宏和他母亲一举一动的脸。他正睁着干瘪而冷酷的双眼死死地盯着振宏，很明显他是来警告振宏不要讨论这些话题的。

"这个不能再说了，我们还是说点生意上的事儿吧！和非物质文化遗产继承人们谈的怎么样了？听说他们参观了公司之后反应热烈，签约应该没什么问题吧？"

"那边正一个劲儿地催呢，嫌我们提供的资金太少，人呀，一上岁数就贪心得让人害怕。"

"他们还想加多少？反正也都是些对商业开发一无所知的门外汉，适当地给他们加一点尽快把这事儿了结了吧。"

振宏和民旭简单商量出了一个解决方案便挂了电话。

窗外，美国梧桐的叶子已凋零殆尽，只剩下一堆干枯的树枝，与他第一次到这里来时郁郁葱葱的景象完全不同。

旁边的人行道上，雨迹斑斑，看来天气预报中说的雷阵雨就要来了。电热器的存在让玻璃窗上凝上了一层薄薄的水汽。

母亲规律的呼吸声从房间的那一边传来，"妈应该在睡觉吧？"不知道是不是因为屋里的空气过于干燥而让她的呼吸变得有些急促。振宏用手擦了擦雾气蒙蒙的玻璃窗，自言自语地小声咕哝着。

"你还记得以前爸爸在世的时候，我们一起住在理川的日子吗？我当时应该才五岁吧……？每天一吃完晚饭就困得要命，于是就跟你说：'妈，我好困'，然后你就会席地而坐，让我钻进你的怀里睡。夏天一到，便整夜都能听到外面此起彼伏聒噪的蝉鸣……"

那是一段宛如水墨画般清新、纯洁的记忆。

这也是一段母亲过世以后，最常浮现在振宏脑海里的记忆。

细细想来，那段平凡的时光里也许并没有留下什么特别值得怀念的事，但就是这些微不足道的记忆一次又一次地折磨着他。以至于他每次喝醉酒定会在疯言疯语中唏嘘感叹往事的不堪回首，也屡屡遭到陪他一起喝酒的民旭的数落。

"你小子能有这样的回忆已经不错了！我的回忆里就只有每天挨打。"

民旭的母亲曾是位名牌大学音乐学院的教授。虽然性格随和温顺，气质优雅，但对待自己唯一的儿子她却异常严格。

对女儿温和又慈祥，但对儿子却动辄是棍棒加身。纵然父母们望子成龙的心情可以理解，可这在孩子幼小的心中难免会留下难以弥补的伤痕。

然而母亲的辞世让振宏对充斥在自己大脑里的那段记忆开始从温馨变得惊惧，他甚至希望自己也能拥有民旭那样的记忆。但不论他怎么回忆，他都只能看到母亲为自己做紫菜包饭的样子，只能看到母亲那为背生病的儿子去看病而被汗水浸湿的后背，只能看到母亲清晨祈祷归来后将手放在儿子的额头为他祈祷时虔诚的面庞，每一幕都会让他感受到暖暖的温馨。

墙的另一边传来了母亲微弱的说话声。

"嗯，我……都……记……得。"

一行泪水顺着振宏的面颊缓缓流下。这些天来压抑在心中的情感有如决堤的洪水一般终于爆发了。

"妈，如果我们能从这儿出去的话，你给我做绿豆煎饼吃吧。别人做的都不好吃，他们做出来的都是黑的。"

"那是成……熙……磨得太碎了，绿豆和米混在一起磨得差不多就行了……"

"我说的是……过节的时候去农贸市场买回来吃的那些煎饼，姐夫也只喜欢吃你做的。"

"可……是振宏啊……你今年多大了？有……女朋友了吗？"

母亲到底还是原来那个母亲。

即使死而复生之后也还是将子女的事惦念在心头。

"别总是以工作为借口向后拖，即使不愿意也要试试看啊！只有这样才能找到自己的缘分啊！难道是因为没钱买房子了？实在不行就暂时先带到家里去住吧。"

"上回我不是都说过了嘛，现在光在我名下的房子就有三套呢，不是结不了是不想结。"

"嗯……那就好，那么现在你只要去相亲就行了。得赶紧找个漂亮老婆好好过日子啊，不然妈给你做个媒？男人啊，只有结了婚才能真正安定下来。你们还要生好多像小兔子一样活蹦乱跳的孩子，只有这样才能让你那死去的爸爸高兴啊！"

明淑一遍又一遍地重复着同样的话，完全没有注意到对面的儿子已沉沉地睡去。

．

"你凭什么说不是啊？"

夏萤冲着对面的专家大发雷霆，完全无视他国内最顶尖心理分析师的身份。连供词分析科正在操作电脑的金妍美都被她的吼声吓了一跳，回过头来看着她。

被吓了一跳的李宗成博士赶紧扶了扶眼镜，然后斩钉截铁地说：

"因为事实就摆在眼前，所以才说不是的嘛。"

夏萤正在用她那双略显粗糙的手快速翻看着桌上放着的最终分析结果。

"他就为了骗取巨额保险金才不惜残忍地杀害了自己的母亲，被抓后还百般抵赖，如果这样的人都不是疯子，谁还能是疯子？"

"不要因为 RV 的所作所为就用有色眼镜看人，我给你提供的资料和调查结果都是完全客观公正的解读。还有那个……"

李博士用手指了指面前的几台显示器，显示器里可以清楚地看到振宏和母亲正在屋里睡觉的场景。屋里的 7 台监视器和两个窃听器正在实时记录着两个人之间的所有对话以及和外部的通话内容。

"如果对两人在屋内的对话进行分析的话也会得出相同的结果的。"

"不是有所谓的反社会分子和反社会病吗？他可是个在大学期间犯过强奸案的浑蛋啊！"

夏萤是同级探员中能力最强的那一类，在她看来，这起案件的来龙去脉显而易见。所以她打心底里一直都认为徐振宏就是那个心理变态的杀人凶手，她连七年前那起案子的二次调查报告都写好了。

"不可能，他和他母亲的对话你也都亲耳听到了啊，有哪一句听起来像是精神有问题的人说的话？你认为有的话那就说来听听。"

"您不是写过一些关于'犯罪分子的选择性记忆丧失'的论文吗？他在杀了自己的母亲之后由于精神受到了巨大的打击，因而自动丧失了一部分记忆，这也说得过去啊！还有，他有没有可能是得了人格分裂症？"

"哎哟，你这剧本编得很不错嘛。我看你也别在国情院干了，直接去电影公司试试？不然我帮你写封推荐信？人家只要一看你这么多年的实践经验肯定都抢着要你。"

听到李博士对自己无情的嘲讽后，夏萤才发觉自己确实做得有些过分，只顾着一味坚持自己的看法竟在无意间冒犯了他，于是她赶紧低下头道歉。李博士从桌上散落着的一堆材料里找出一些文件递给了她，里面有徐振宏的核磁共振像和关于创伤后应激障碍测试的集中面谈结果。

李博士交给她的东西正是她最关心也最怀疑的部分。

"从理论上来讲，记忆丧失绝大多数是由外部创伤或者压力巨大导致的种种。徐振宏是一个情绪很稳定的人，面对交通事故、周围人的死亡、严重的外伤以及压力时，都没有表现出很明显的情绪波动。不过，也因此有了很多让人捉摸不透的地方。"

"他说他对自己母亲被害时发生的事儿记不太清了？"

"那只不过是瞬时记忆丧失罢了，属于十分常见的情况。情节性的记忆并不会受到损伤，否则他周围的人早就察觉到了。对了，你刚还问我他有没有可能是人格分裂吧？我给你推荐几篇论文，你回去找来好好看看，看完你就会知道徐振宏与那些真正的人格分裂症患者还差得远着呢。"

夏萤一时也没什么好再追问的，便坐回到椅子上开始仔细研读起李博士给她的那份徐振宏的精神鉴定书。

但一旁正在写意见书的妍美却开口向李博士问道：

"可是，当前针对这类精神疾病的研究都是以犯罪分子，或者说是以那些犯了罪的人为对象进行的，专门针对受教育程度较高的精神疾病患者的研究还不充分。挪用公司的资金，故意捏造个人经历以及善于观察人的心理活动并在不知不觉间操纵他人情绪的精神病患者也不少吧？这种人应该被称作完全型精神病患者……

"从徐振宏的履历来看，他高中时期成绩一直是名列前茅，大学期间也从未错过任何一次可以得奖学金的机会，而毕业后创业没几年公司便实现了快速成长，这些可都不是一般人能做到的啊！

"I-LEVEL 测试或人际关系成熟度检测结果也显示，他能够很好地理解他人的行为和需求，对社会规则也有着充分的了解，属于第七阶段人格。虽然在社交上可能有所欠缺，但在社会适应熟练度上却表现得近乎完美啊！"

妍美还补充说如果她是徐振宏的话，肯定早就会对自己被窃听的事有所察觉，所以只会向我们展现出他正常的那一面，时时刻刻注意自己的言行举止。

李博士听完妍美的分析微微点了点头。

"分析得蛮不错嘛。那这么说来，他得的应该是阿斯伯格综合征①了，因而会在个人情绪表达上存在一定的障碍。虽然他从小到大一直都患有轻度的自闭症，但却善于利用自己较高的智商自然地与周围的人沟通交流，不过……"

"听你的意思，你已经假定徐振宏就是杀人凶手了？如果七年前杀他母亲的人真是他，照这么推断，他的杀人动机就是为了骗取巨额保险金，也就是说他觉得公司比自己的母亲更重要。可是你看看他现在的状态，他都整整一个多月没怎么管过自己的公司了，也没见他表现出半点的焦躁情绪啊。"

"伪装或者制造假象也是有极限的。真正的阿斯伯格综合征患者再怎么伪装自己也很难完全像个正常人一样与他人沟通。就像一个出色的钢琴家，即使他只用一只手也能演奏出让人惊讶的曲子，但他肯定无法与用双手的钢琴家比肩，因为肯定有它一只手弹不了的乐谱。所以我认为他根本不可能达到

① 译者注：阿斯伯格综合征是一种病因不明的精神性疾病，具有与孤独症同样的社会交往障碍，具备局限的兴趣和重复、刻板的活动方式等症状。在分类上与孤独症同属于孤独症谱系障碍或广泛性发育障碍，但又不同于孤独症，与孤独症的区别在于此病没有明显的语言和智能障碍。

I-LEVEL 测试的第七阶段。

"我在审讯室里研究他的供词的时候，金妍美分析员也得出了和我相似的结论。徐振宏的供词完全符合'记忆回溯法则'，也没有出现任何的'暗礁效应'。像供词分析这一类的特殊知识，不仅一般人接触不到，而且绝大多数的人完全就不知道还有这种技能的存在。更何况像徐振宏这样的大老板几乎一天二十四小时都投身在工作当中，更不可能了解这些东西了。"

妍美点了点头，对李博士的一番分析颇以为然。

"人在描述自己亲身经历的时候一般会目视前方，并对当时所发生的情况进行身临其境的回忆，这就是所谓的'记忆回溯法则'。相反，人在撒谎的时候则会更倾向于以第三者的角度来描述整个事件。举个例子来说，一个人说真话的时候往往会简明扼要的点出事情的结果，比如说'我就出门了'，而说谎的人则会下意识地添加一些没用的内容，比如'刷完牙我就出门了'。后者往往更注重对整个事件过程的描述，并企图说服对方相信自己。

"而'暗礁效应'则是指说话人想要隐瞒某些内容时会无意识地出现口误、犹疑、重复以及拖长发音等特殊表现的现象。"

"说谎可绝非易事啊！"

听完妍美的说明，夏萤"咕嘟"咽了一口口水。即使作为一个"圈内人士"，这些专业的术语她也是第一次听说。她之前一直觉得徐振宏对于供词分析相关的知识了如指掌，审讯他时也一直认定他就是凶手，可现在看来，就像李博士所言，自己这么做确实有些欠妥。

徐振宏如果不是精神病，那他的真实面目到底是什么？难道他就是个普普通通的正常人？还是说他自己也不知道自己杀了人，即他是过失杀人？

还有，崔明淑到底为什么要杀自己的儿子呢？

李博士冲着将要离开心理分析室的夏萤说了句话。

"别太迷信 RV 了，虽然至今为止他们还没出过什么问题，但谁又能保证以后也不会出现失误呢？"

"可是……"

屏幕上显示，此刻振宏正在屋里看新闻，察觉到母亲睡着了后他赶紧用手中的遥控器调低了电视机的音量。

不知为什么，夏萤总是对他有一种莫名的厌恶感，即使他的言行举止在除她之外的所有人看来都完全正常。她虽然看上去比这里的任何人都要冷静，但在国情院工作的五年间，她处理了太多稀奇古怪的案子，也让她领悟到直觉有时远比理性更重要。

每次看到徐振宏的时候总感觉他有什么不可捉摸的地方，

特别是他的那双眼睛。

即使熟读了从李博士那儿收到的所有资料，也没有让夏萤感到丝毫的愧疚。这一次她对自己的直觉很有信心，却苦于一直没能找到有力的证据来证明她的推断。这让她异常烦闷压抑，就像一个长期消化不良的病人。她拿着鉴定书复印件走出了心理分析室，暗暗下定了决心。

"看来只能用这个方法了。"

如果他真的是在隐藏自己的本来面目，那么只要找到那个知道他本来面目的人一切问题便可迎刃而解。之前在对徐振宏的过去进行调查的过程中，她也打听到了申彩儿目前所在的医院。

去见见她吧，只要见到她便能了解到一个真正的徐振宏了。

夏萤一个箭步踏进了正好停在面前的电梯里。

月夜下的唐人街宛如童话中的世界。

樱桃糖般火红艳丽的霓虹灯，大排档里飘出的阵阵香气，都让来往的行人纷纷驻足，难以割舍。商人们轻快的讨价还价声，时断时续的各种外语，让人感觉自己此时仿佛在异国他乡，这景象有如沙漠中伫立的海市蜃楼般神秘，又像明天就要结束的节日庆典般落寞。

鼻涕不断的敬采仔细地寻找着"金龙阁"。对患有过敏性鼻炎的他来说，近来早晚刺骨的冷空气无异于催泪瓦斯。在向自由公园走的这一路上，他都在流鼻涕。

走了不一会儿，一家小店便映入眼帘，红底的牌匾上镌刻着几个金色草书大字。他扫了一眼，从口袋里翻出了身上的最后一张手纸。

拉开门帘进去之后便看到了一张熟悉的面孔。那人看来刚刚才吃饭，面前的桌子上放着一只刚吃完的空碗。

敬采一坐下就掏出一张照片放在了桌面上。

"这个家伙，韩文名叫崔景元，原名是李青城。他韩语说得非常好，光听他说话基本听不出他是个外国人。他目前非法滞留在韩国，涉嫌参与有组织犯罪活动，据说还持有多个假身份证。"

敬采从桌上的纸筒里抽出几张餐巾纸又擦了擦鼻涕。因为鼻涕太多，手里的一叠纸都湿透了。一旁的朴曜汉警官从外套口袋里掏出自己的手绢递给了他。敬采接过那块平整的格子手绢又狠狠地擤了一次，这下才稍微可以顺畅地呼吸了。

"原来这么容易就能找着他，为什么七年前就没找到呢？"

"那是因为我们运气好。今年年初，就是这个家伙在考试院①里性侵了一名正在睡觉的女大学生，好在他的容貌被摄像头清清楚楚地拍了下来，之后从受害人体内提取出的精液也与他的 DNA 信息相吻合。"

据说因为类似的罪案在这一地区时有发生，所以警察是在搜索嫌疑人的过程中，无意间得知了李青城的住处。

敬采将盘里剩的几个煎饺吃完便站起来走出了餐馆。

他们驱车迅速赶到了李青城位于地铁一号线仁川站附近别墅区里的住处周围，并与一直在他家门口埋伏着的侦查员会合。

抓捕过程十分简单。他们派人守住李青城所住别墅的出口，与阳台相连的紧急出口外也安排了多人把守，此举意在像抓兔子一样等李青城企图从紧急出口逃窜时一举将他捕获。听说他的同居女友十分钟爱电视购物，几乎每天都有好几个快递上门。于是侦查员中臂力最大的章圭贤警官伪装成快递员按响了李青城家的门铃。

叮咚。

"谁啊？"

屋里问话的是个音调很高的女人。

---

①译者注：考试院是韩国一种格局较小的居住用房间，一般内设一张单人床、书桌、书柜。考试院内还会提供免费的泡菜和米饭。根据等级和设施的多少来划分，价位由低到高。因为价格相对便宜，且无人打扰，受到广大留学生和备战各种考试的学生的青睐。

"哦，是大川快递，请问河恩廷女士在家吗？"

不一会儿，门就开了。

"您的快递到了，请您在这里签字！"

圭贤趁那女人签字的时候，赶紧向屋里扫了一眼。

看样子李青城好像在家，因为隐约可以听到卧室里传出来的电视声。他故意咳嗽了一声，藏在大门后边的敬采便突然跳了出来，迅速捂住了那女人的嘴。

潜伏在紧急出口外的曜汉也小心翼翼地打开了阳台的门，悄无声息地溜进了客厅，手里还握着一把枪。

三个人屏住呼吸，紧贴着客厅的墙面。

"一，二，三！"

就在敬采点了点头即将打开卧室门的那一刹那，客厅卫生间的门突然开了。

"我靠！"

这是警察们稽查来自中国的非法滞留人员时经常可以听到的脏话。等他们三人反应过来回头看的时候，李青城已经慌慌张张地跑出了家门。

"糟了！"

三个人一阵风似的跑下楼梯追了出去，院子的入口处则传来了两个人厮打的声音。等敬采和曜汉两个人追出来的时候，原本在门口待命的一名警察已是人仰马翻，痛苦地躺在地上呻吟着。

"他往那边跑了！"

那警察身上鲜血直流，一只手捂着肚子，一只手指向了李青城逃跑的方向。为了叫救护车，敬采让圭贤守着伤员，自己则冲着李青城逃跑的方向追了上去。

也许是因为上了年纪的原因，敬采追了一会儿就有些体力不支了，大口大口地喘起粗气来。原本落在他后边的曜汉已经超过他跑到前面去了。

这时一个骑着摩托车送炸鸡的快递员正好出现在巷口，敬采向他亮了一下自己的证件便征用了他的摩托车。

快要到仁川地铁站的时候，敬采骑着一路轰鸣而来的摩托车终于挡在了李青城的面前。紧跟在后面的曜汉也及时赶到截断了他的退路。李青城见状狠狠地朝地上吐了一口吐沫，从怀里掏出一把短小锋利的弯刀。

街上的行人都被眼前的这一幕吓了一跳，惊恐地向四周躲去。敬采担心伤及周围的无辜群众，没有贸然拔枪。李青城手里的那把刀上还留有刚才那个被刺翻在地的警察的鲜红血迹。

此时的敬采竟变得有些热血沸腾。

"你今天死定了！"

摩托车猛地被他扔在一旁，重重摔在了地上。

他来回扭了扭脖子，做了个伸展运动，然后以迅雷不及掩耳之势将手里的头盔朝李青城砸去。头盔正中李青城的手腕，正好将他手里的那把弯刀打落。刀刚一落地，敬采便迅速使出一记回旋踢，他的腿像圆规一样转了一圈，精准地踢中了李青城的右脸。

对于一般人来说，这一击可能是致命的，但对李青城来说还算不了什么。

貌似被这重重的一脚踢得失去了平衡的李青城，就在即将跌倒的那一刻顺势拿起地上的头盔朝身后站着的曜汉砸去。曜汉对这突如其来的一击毫无防备，不幸被击中了裆部，痛得翻倒在地。紧接着敬采和李青城几乎同时飞身扑向那把掉在地上的弯刀，但被离刀更近的李青城抢先了一步。

李青城抓住刀柄便向敬采刺了过去。

那敏捷的身手让人不得不怀疑他是不是曾经在著名的中国少林寺学过功夫。敬采想躲开却是心有余而力不足，身体的惯性让他的任何挣扎都显得有些为时已晚。

若这一刀闪躲不开，自己的面部甚至喉咙说不定就会被那家伙直接刺穿。

就在这一刻，敬采看到了一个站在人群中的小男孩，两人正好四目相对。虽然此时的形势已是十万火急，但他的心情却突然变得很微妙。男孩儿正站在对面呆呆地注视着自己，不知他是不是有些贫血，脸上毫无血色，皮肤宛如尸体般阴冷苍白。

那孩子看上去六七岁的样子，身穿印有卡通人物的灰色 T 恤和一条棕红色小短裤。看到他的打扮让敬采突然想起了一句话，"这是二十年来最冷的一个冬天"。

这个时间，街上的行人们大都裹着厚厚的外套和棉裤。那个孩子的父母呢？大冷天的怎么能让自己的孩子穿成那样就出门啊？不对，怎么感觉他周围的人完全没有注意到他的存在啊？

性命已是危在旦夕的他脑子里竟还充斥着一堆杂念，他的身体也像在坐过山车一样被一阵强烈的眩晕感所紧紧缠绕。

那男孩儿的眼睛是棕色的，右边的面颊上有一道细小的疤痕，即使天色已晚但也能清晰地描绘出他的面部轮廓。不知为何看到那张脸时竟让人如此的心如刀绞，那感觉足以催人泪下。就在这感觉如狂风骤雨般袭来的那一瞬，

"放下刀！"男孩儿突然发出一声尖厉的怪叫。

"我让你放下刀！"

那吼声响彻云霄，惊天动地，一时让人无法相信它竟出自一个孩子之口，甚至不像是人类所能发出的叫声。李青城被这股强大的气势吓得目瞪口呆，连攥在手里的刀也掉在了地上。

敬采则右腿一扭，摔倒在地，一头撞向了路边的水泥立柱。

"警官，您没事儿吧？"

听到周围四起的掌声，敬采慢慢睁开了眼，看到曜汉正在一旁给李青城戴手铐。他抱着针扎般刺痛的头慢慢站了起来。

行人们将他团团围住，一边卖力地鼓着掌，一边不停地大声欢呼，这是在向冒着生命危险抓捕犯罪分子的英雄致敬。

敬采却无暇顾及这些，努力在人群中寻找着刚才的那个男孩，但一无所获。只发现了一个和他差不多大的孩子，还是个穿着毛呢大衣的女孩儿。

在押送李青城的警车上，敬采正像审犯人似的质问着曜汉。

"你怎么能胡说呢？你明明也听到了啊！一个孩子的声音，怒吼着让他把刀放下。那声音大的都要把人的耳膜震破了，你怎么可能没听到？"

而曜汉仿佛对敬采口中所谓的怪声全然不知，一脸的无辜，只是不停地摇头。怒火中烧的敬采难以平复自己的情绪，一个劲儿地拍打着李青城的后脑勺。

"哎，你这个浑蛋也听到了？对吧？所以你才把手里的刀扔了啊！"

向来喜欢装糊涂的李青城的回答和曜汉如出一辙。

"我的手就突然那么一麻……和上次在看守所的时候一样，所以才赶紧把刀扔了，你那个什么声音是听别人瞎说的吧。"

一个在寒冷冬日里穿着短袖短裤的孩子竟然没有引起路人的注意，这完全不合逻辑。但现场看到那孩子的人确实除了他之外没有第二个。

正在开车的同事发话了。

"从前我住的村子里有个阿姨，她说她经常能看见一个小孩儿什么的，结果没几年就死了。你不会是中邪了吧？赶紧去看看什么巫医之类的吧，不然晚了可就来不及了。你最近晚上是不是总是睡不着？"

听完同事若无其事似的一番话，敬采扭过头去冲着车窗照了照自己的脸。近来一直折磨着他的失眠已让他的皮肤开始发黑，黑眼圈也加重了不少。一旁的李青城摇晃着被铐住的双手，随声附和道：

"哼哼，听说得人格分裂症的人也会出现幻听哦。"

"闭嘴，浑蛋。"

嘴上虽然那么说，但敬采心里却已开始对自己身体的异常变化感到深深的恐惧。

第四章　斩首

从清晨开始走廊里便一直乱哄哄的，喧闹不堪。

和外面嘈杂的脚步声相比，住在房间另一边的明淑却表现得异常安静，难道她受到传唤被人带走了？

振宏面前的餐盘上，一杯豆浆，一碗凉了的海带汤，一碟干炸小黄鱼，还有沙拉，里面掺杂着几个像是用过期材料做的酱鱼丸。

"看来国情院的探员们把这样的食物称之为早餐"，振宏简单吃了点就洗脸去了。

近来也许是由于睡眠不足，镜子里的他仿佛完全换了个人一样，连他自己都觉得有些陌生。因为在这里没法理发，他的头发也已乱蓬蓬地卷作一团。在巨大的压力之下，他那原本细腻的皮肤近来也变得有些粗糙暗淡了。覆盖在下巴和两颊上的浓密的胡须更让他看上去像个游离于现代文明之外的原始人。

"这副落魄的样子和野人也没什么区别了。"

许久没有刮过胡子的振宏拿起了洗面台上放着的一次性剃须刀。可能这里的水水质太硬，剃须膏发泡的效果很差。

他才刚刚刮了一半，监禁室的门便开了。夏萤从外面走了进来，冲着身穿睡衣的振宏笑了笑。那笑里透出来的得意扬扬的劲儿就像是一个猎人生擒了自己期待已久的猎物一样，让人有一种不祥的预感。眼前的这个女人确信他就是真凶，对振宏来说，她此时此刻的笑脸绝非一个好兆头。

"怎么了？"

"我们抓到真凶了，那个七年前当街杀害你母亲的男人。"

振宏一路跟着夏萤来到了会议室。

屋里聚集着很多人，有身穿白色礼服的人，有全副武装的探员，除此之外还能看到几个外国人。那些外国人的胸前都挂着写有 CIA 字样的徽章。

从 CIA 来的人中有一名东亚面孔的男了，他坐在最前面，指了指进到会议室里来的振宏后，小声地向身后的同事说了些什么。振宏虽然不知道他说话的内容，但那视线所传达出来的讯息却已不言而喻。

会议室的正中央放着一张大桌子，桌边坐着一名戴着手铐的男子。也许是由于自己被众多陌生人团团围住的缘故，那男子看上去焦躁不安，不停地咬着自己的手指头。

不等夏萤开口，振宏就已猜到了那人是谁。没错，那人正是杀害自己母亲的凶手。出事的那天，那张戴着头盔自己没能看到的脸，此时此刻在阳光的照耀下显得格外醒目。

真凶终于落网了。

振宏不由自主地停下了呼吸，仿佛心脏已停止跳动，血液也凝结在了血管里，连手指都一动不动。

杀人犯。

这是一个与那男子的相貌完全不符的词汇。他虽然一边的脸肿了起来，但总体来看也还算长得周正，而那双困倦无神的大眼睛里竟还透出些许的善良来。

他年龄看上去不过二十七八岁，和自己公司新入职的员工差不多。这让振宏一时无法相信眼前的这个人就是七年前那个将他推向地狱的罪魁祸首。

敬采先他们一步早早来到了会议室，此刻正在审问那个男子。

"那个人你认识吗？"

敬采用手指着振宏向他问道，那男子瞥了振宏一眼摇了摇头。

"不认识，第一次见。"

"看清楚了再说，看看是不是那个出钱雇你杀人的家伙。"

"当时他用口罩之类的东西蒙着脸，我也没看清他长得什么样儿。"

"那，声音呢……他说话的声音像吗？"

敬采一边问，一边要求振宏说几句话。

振宏用生硬的嗓音读完了夏萤递给他的一张纸上的文章，凶手听完冷笑了一下。

"事情都过了七年了，我怎么可能记得？我觉得像，又觉得不像。"

夏萤声音低沉着向振宏解释了整个事情的经过。

崔明淑一案的凶手李青城于昨天被抓捕归案，之后警方连夜对他进行了审讯。据他交代，七年前的那件悬案并非是单纯的抢劫杀人，而是雇凶杀人。李青城当时的目标就是崔明淑的性命而非钱财，买家开出的条件就是在他杀了崔明淑后可以拿走她包里所有的钱。

振宏此刻才明白了夏萤刚才来找自己时露出的那诡异一笑的含义。振宏是母亲死亡后受益最大的人，因为，他可以借此拿到数以亿计的保险理赔金。

"你们怎么可以相信一个杀人犯的话？他明摆着就是为了骗取减刑而在撒谎啊！凭空捏造出一个存都不存在的人来，还谎称自己没看清对方的脸，他就是想借此来拖延时间。"

夏萤只是在一旁迷惑地笑着。

坐在会议室中央白发苍苍的国情院院长突然发出了命令：

"带进来吧。"

不一会儿，会议室的后门开了，明淑坐在轮椅上被人从外面推了进来。

振宏一看到母亲坐在轮椅上，一股怒火便涌上心头。她的四肢被绑了起来，还像精神病人那样被套上了约束衣。

振宏刚想有所动作，敬采就赶忙上前拦住了他。

"这是为了以防万一。"

"万一？"

"你母亲要是见到真凶之后突然失去控制，想要'审判'他的话会怎样？肯定会杀了他之后马上消失的啊，这不也是你最不希望看到的嘛！"

被捆绑起来的明淑眼神里写满了恐惧。她慢慢观察着四周，身体不停地颤抖着，就像被性侵的儿童即将在法庭上与犯罪分子当庭对质之前看到法庭时的神情。

振宏的母亲崔明淑正是被那个坐在椅子上的男子残忍杀害，足足刺了七刀。即便如此，此刻穿着约束衣的也不是杀人凶手而是受害者。

明淑向儿子投来乞求的目光，振宏见此毫不犹豫地向自己的母亲走了过去。母亲此时既无法"审判"凶手，也无法伤害自己。振宏跪在地上，小心翼翼地用手整理着母亲凌乱不堪的头发，好让它们不至于扎到她的眼睛。

之后，振宏把手放在母亲手所在的位置，隐约地能感受到她那暖暖的体温。

"妈，你再稍微忍耐一下吧，这件事儿完了之后我们就能回家了。凶手已经抓住了，马上就可以法办他了。"

振宏尽可能地避免与母亲有任何的眼神接触，用小心柔和的语气轻声安慰着母亲。

"我……怕。"

"我就在你身边呢还怕什么，别担心，不论出什么事我都会保护你的。"

振宏等母亲镇定下来之后，转身向敬采问道：

"你们现在这是唱的哪一出？那些人都是来干什么的？"

敬采大概是最近没怎么好好休息，眼里全是红红的血丝。他先用手挠了两下自己那一头蓬松的卷发，然后答道：

"当然是为了来证实我们的一种判断。凶手真的就是那个人？假如见到真凶的话你母亲会做何反应？NIS 和 CIA 都对 RV 抱有极大的兴趣，死人复活即所谓的 RVP 可是空前绝后的大新闻啊……

"记得以前我和你说过，如果崔明淑真是有缺陷的 RV，那么她见到真凶时是不会做出任何反应的。这不仅区别于迄今为止 CIA 所收集的所有 RV 案，而且还能证明你的清白。当然这种缺陷也有可能自动修正，也就是说你母亲只有在见到真凶时才会发作，而见到你时则不会再有什么异常反应……不论从哪个角度来看，这都会对证明你的清白有所帮助的。"

从敬采的语气可以听出来他有些激动。

和夏萤不同，敬采实际上心里更希望能证明振宏不是凶手，但好像并不是因为他相信徐振宏，那究竟是为什么呢？

"……你对 RVP 有些偏见吧？"

虽然只是简单的一问，但敬采却一个劲儿地点着头，那意思已不能用讨厌来形容，更准确地说应该是反胃。

因为他无法理解，作为国家情报院的资深探员，他理应比一般人拥有更纯粹的正义感。在国情院工作的这几年，每天清晨都能从院广播台听到广播员诵读的所谓职员行动纲领——"我们的一切行动永远都以真理和正义为准绳！"这话听起来幼稚可笑，但理想这种东西本来不就包裹着一层幼稚的色彩吗？

"被害人死而复生，还亲手将杀害自己的凶手送上黄泉……这怎么可能？你是个生意人，你应该懂我的意思。

"这个世界上从来就不缺少骗子，也从来不缺那些靠干坏事赚得满盆满钵的黑心之人，有的人什么都没做却为别人背了黑锅，而有的人犯了罪却可以逍遥法外。于是活到现在，我算是悟出了一条亘古不变的真理，那就是'这个世界从根本上就是不合理的'。

"但 RV 的存在确实让人无法接受，因为总觉得他们的存在违背了这个世界运行的根本原理。甚至，那感觉更像是把人拉到了一个另类世界。

"你心里不是这么想的吗？你可是亲眼目睹了你母亲的死啊。你难道没有想过她有可能是被人假冒的，你难道没有想过是不是有人在背后故意搞什么恶作剧吗？"

明淑身后的探员紧紧地抓着轮椅的扶手，轮子滚动的声音将振宏再一次拉回了现实世界。

明淑和李青城之间的距离越来越近了。

会议室里的人都不约而同地将视线投向两人。桌子的中间架设着三台摄像机，一台对着李青城，一台对着崔明淑，剩下的一台则负责记录会议室的整体情况。

振宏退到后面反复回味着敬采刚才对他说的话。

说自己未曾思考过这些问题那就是在说谎。

其实他的脑子里也一直装着和敬采一样的疑问。

这都是胡说。

这种事根本就不可能发生。

但此时活生生坐在他面前的就是他自己的母亲啊，还有那再熟悉不过的嗓音，这让振宏怎么可能抛下她不管。

此时用人们常说的"见鬼了"来形容也许再恰当不过。当日思夜想之事转眼间成为现实的时候有几个人能承受得了？母亲遇害带给他的失落与伤痛与日俱增，他甚至在自我麻醉，努力说服自己那个人就是母亲。

"这个大婶儿，她来干吗……"

李青城对突然出现的崔明淑十分警惕。

他用自己那双透着贪婪的眼睛小心审视着周围正在观察他的人。

不知从什么时候开始，他突然像丢了魂似的注视着出现在眼前的明淑。

明淑也在注视着他。

被杀者与杀人者。

丧命者与夺命者。

许多人倾其一生也许都无法见到这样的一次对视。

周围的空气仿佛都一齐蒸发了，压抑得让人无法呼吸。

李青城显得无比慌张。

"这……这个大婶儿怎么还活着？她那天明明被我刺死了啊……难道没死？不可能，电话里明明告诉我她死了啊……"

李青城嘴里不停地往出冒着胡话。

而在另一边，明淑的状态也开始变得异常起来。刚开始还被深深的恐惧笼罩着的她突然变得特别从容。她的呼吸变得越来越沉，嘴里开始传出奇怪的呻吟声。

"Giudi...zio...GI...udizio."

她像机器一样不断重复着这些不知所云的话。这熟悉的词汇让振宏意识到这与他第一次与母亲重逢时母亲发出的声音一模一样，就像是某种指令。

几个CIA探员在一旁窃窃私语起来。

"It's an italian word meaning judgment...（她说的是意大利语，意思是审判。）"

审判。她说的竟然是审判。

明淑嘴里还嘟嘟哝哝地说着别的话。

"不要觉得他可怜，不要觉得他可怜，不要觉得他可怜，不要觉得他可怜，以命还命，以眼还眼，以牙还牙，以脚还脚，以命还命，以眼还眼，以牙还牙，以脚还脚，以命……"

此时的明淑看上去就像一个进入无意识状态的巫婆。

CIA探员们听到译员的翻译后开始互相打着看上去很滑稽的手势。

那表情分明就是在告诉别人自己找到了什么重要线索而且信心十足，而国情院院长则是一脸的阴沉。

终究还是出事了。

就在大家的注意力都集中在别的地方的时候，明淑突然从轮椅上坐了起来，轻轻一用力便将身上裹着的约束服一条一条地撕了个粉碎，眼里充满了癫狂。

只听见"咣当"一声响，李青城坐着的椅子猛地向后倒去，他被眼前这个突然变身刽子手的明淑吓破了胆。虽然想向后退，但怎奈自己还被手铐牢牢地铐在椅子上无法动弹。他干脆提起椅子向明淑砸去。

"住手！"

振宏大吼一声赶紧向李青城冲了过去，他无法再眼睁睁地看着母亲在自己面前被这个人伤害。

"嗵"的一声，椅子重重地砸在振宏的身上裂成了几块儿。

探员们见状都纷纷扑了过来，他们牢牢地抓住明淑的四肢并将她死死按住，以防她再次失控。

夏萤手里拿着装有镇静剂的注射器从外面跑了进来。但见到自己仇人的RV力大无比，那力气已经远远超出了人们的想象。

明淑微微一转身，压在她身上的探员们就像树叶一样飞了出去。

这次，三个CIA探员中的彪形大汉出场了，振宏看到他们将手伸进了外套里。

枪！

他们在掏枪！

但他们瞄准的目标不是明淑而是李青城，振宏马上就弄明白了眼前的情况。李青城如果死在明淑的手里，明淑说不定就会马上消失，这对一直以来想要一探 RV 究竟的 CIA 来说无疑是个巨大的损失。

但是射击距离实在是太近了。

就这样开枪的话母亲很有可能会被误伤。

振宏不顾身上被椅子砸中后的剧痛，拼尽全身力气向李青城撞去。李青城一下子失去了平衡，倒向了 CIA 探员们所在的方向。

振宏闭上眼睛趴在地上等待着枪响，但枪声并没有响起，振宏等了很久也还是如此。

"杀了他，那种混蛋就该杀了他。"

怎么回事？

向后一看，CIA 的探员们全都惊讶地张大了嘴，站在原地一动不动。

会议室的地上出现一大滩鲜红的血迹，李青城的尸体横躺在地，而他的头则掉到了桌面上，鲜血正"滋滋"地从里面喷涌而出。

"……不要觉得他可怜。"

明淑说完这句话就像断了保险丝的机器一样重重地倒在了地上，手里还攥着沾满鲜血的约束服的碎布条。

所有人都被这突如其来的变故惊呆了，像雕像一样静静地站在原地。过了好一会儿，探员们才都一个个回过神来，开始手忙脚乱地处理李青城的尸体，明淑则被安置在轮椅上推走了。探员们先用拖布擦洗地上的汪汪血迹，之后又把拖布上的血水挤进大铁桶里，这样才一点一点地把会议室里的所有血迹清理干净。

在这短短的一刹那究竟发生了什么呢？通过回放当时的监控录像便可找到答案。振宏和其他人此时都聚集在血腥味弥漫的会议室的一角，全神贯注地盯着大屏幕。

通过回放，他们发现 RV 的移动速度简直快得让人难以置信。明淑在扑向 CIA 探员们所在方向的那一瞬间就将手里的布条精确地对准了李青城的脖子，直取他的项上人头。紧接着"布起头落"，再一看，李青城的脖子上已是空无一物。从开始到结束，整个"斩首行动"最多不超过两秒。每一次回放，探员们都会被她那风驰电掣般的动作深深震撼。

振宏感觉自己好像站在高空中一样眩晕不已。

母亲竟然杀人了……

曾经的母亲可是一个助人为乐，对任何人都笑脸相迎的大善人啊，如今竟然当着自己儿子的面就地处决了杀害自己的凶手。虽然这对重返人世的 RV 来说不过是自己正当的复仇，但还是让振宏无法接受。虽然他拼尽全力将李青城撞向一边，虽然他比任何人都想亲眼看到他受到惩处，但却不应该以这样的方式。可以清楚地看到屏幕里的那个母亲就像一个刚行完刑的刽子手，面无表情，冷静得可怕。

夏萤出去了一会儿又回来了，一进门就向大家大声宣布：

"有个好消息。"

她轻手轻脚地躲过地上的斑斑血迹，生怕弄脏了自己的皮鞋。

"崔明淑女士没有消失。"

不论是国情院，还是来自 CIA 的探员们听到这个消息时都毫不掩饰地长舒了一口气。"不好，这事儿肯定有猫腻"，振宏心里想着从椅子上站了起来。

"请帮我联系我的律师，我和我母亲现在就要回家。"

振宏掏出手机按了个拨出键。

估计是要给民旭打电话向他求助。还没等他说话，敬采便走了过来一把夺下了他的手机。

"现在你们还不能回去，还有一件事情需要确定。"

振宏被他无礼的行动激怒了。

"事已至此你们还能说出这样的话？你们不仅暗中帮助还怂恿犯罪，现在拜你们所赐，我母亲倒成了杀人犯了。赶紧把手机还给我！"

站在一旁听他说话的夏萤向后捋了捋头发，目光冰冷。

"你们就算回去了又能怎么样？"

"我要去法院起诉，我要在法庭上将我看到、我听到的一切全都说出来！"

夏萤大笑一声，看了看周围国情院的同事们，他们就像看一个被蒙在鼓里的小孩儿一样看着振宏。

"现在你母亲没有任何的身份信息，刚才丧命的李青城虽然属于非法滞留人员，但他也是真实存在的人啊，既然被人杀了，那么凶手就理应受到法律的制裁吧。可，你母亲呢？RV能算作是人吗？宪法里有将它们算作人的法律条文吗？你不会是以为RV拥有和普通人一样的权利吧？

"在韩国这个法治国家，RV崔明淑的存在就像是海市蜃楼。既不能认为她还活着，也无法认定她属于人类。不管你再怎么一厢情愿地相信RV崔明淑就是你的母亲，你也无法否认你是RV的儿子这样一个可笑的事实，在法律上你也没有任何有力的证据能申请引渡或者保护她。

"即使你运用所谓的法律武器向上申诉，最终的赢家肯定还是我们。崔明淑是否会就此放过你,这一点我们谁都无法保证。要不然就像李青城死前说的那样,因为那个雇他杀人的人还没有出现,所以为了防止那个幕后真凶被杀,我们有权力暂时隔离你母亲。"

他们想要的并不是七年前那起抢劫杀人案的真相。

这些畜生真正想要的是振宏的母亲。他们之所以如此迫切,不过是想将母亲当作试验品,好尽快让他们搞清楚她死而复生的秘密。

为什么早没想到呢?

一旦振宏从这里出去,他们便会正式开始他们肮脏的研究计划,先将母亲解剖,再拿她来做实验。

几个人高马大的探员走过来抓住振宏,将他带到了别的地方。那地方在另外一层,看上去像是拘留所的会客室。

与他之前待过的审讯室不同,这间房子被一道玻璃墙从中间分隔成了两部分。玻璃墙的下方分布着一些密密麻麻的小洞,好让人能听到来自对面的声音。

天花板上的音箱里突然传出了夏萤的声音。

"下面将进行第二阶段试验。如果崔明淑没有表现出任何想要伤害你的意图,那就可以说明崔明淑之前的失误已被自动修复。但如果这次崔明淑依然会攻击你的话,我们将不得不认为你就是真凶了。也就是说李青城所供述的那个买凶人就是你。"

玻璃墙对面的门开了。与之前不同，这次带明淑进会客室的都是些看上去冷酷无情的探员。

这一次，他们将枪口对准了振宏，如果这次也发生像之前那样的突发事件的话，他们肯定会毫不犹豫地在第一时间射杀他，因为阻止崔明淑复仇是防止她消失的唯一方法。

被两把枪指着脑门儿的振宏气得咬牙切齿。

玻璃墙的另一边，明淑被紧紧地束缚在轮椅上。

她的身体被手指般粗细的铁链严严实实地捆了起来，与刚才的约束服相比有过之而无不及。身上的那件羊毛衫血迹斑斑，乍一看上去仿佛和七年前的没什么区别，但那血并不属于她。

天花板的每个角上都挂着一台摄像机，它们不断变换着角度，忙得不可开交。

振宏感觉到了那摄像机后面的视线。

此时身在会议室里的人也正通过屏幕耐心观察着这里的情况。他尽量让自己保持着镇静。

"要往好的方面想，我不是凶手，这是事实，刚才那件事儿有可能已经修正了母亲之前的'故障'，一定要洗刷自己的罪名从这里出去，出去之后要动员一切可以动员的力量把妈从这里救出去！"

振宏定下神来抬起了头。

他看到了坐在自己对面的母亲，而明淑认出坐在对面的人是自己的儿子时竟然放声哭了起来。那痛哭的样子不像是大人，更像是一个孩子，毫无戒备之心。振宏此刻心如刀绞，那感觉就像是子女看到罹患老年痴呆的父母漫无目的地四处徘徊时的心境。

此时此刻的母亲正在无尽的痛苦中煎熬着，她正在为自己亲手夺去了别人的生命而难过。振宏猛地站起身来。

"妈，没关系的！你什么都没做错，那个混蛋本来就是坏人啊！他能那样死都算便宜他了。"

儿子大声的安慰并没能阻止明淑流泪，她还是披着那件带血的毛衣坐在那儿哭个不停。

"振宏，振宏啊。"

振宏幡然醒悟，此刻站在玻璃墙另一边的人不是 RV，就是自己的母亲。虽然他对 RVP 到底是什么并不完全清楚，但他知道他现在要做的就是救母亲出去。

振宏的脑子里现在只有这件事。

他对着天花板上的摄像头大声吼道：

"放开她，放开我母亲！你们看，她现在并没有想要攻击我啊！请你们不要再把她当作做实验的小白鼠了！"

但没有人回应他。摄像头只是像蛇一样左右摇摆着，记录着会客室里的情况。

"妈，你再忍耐一下，就一会儿……"

振宏将脸贴在玻璃墙上小声对母亲说。如今，唯一能使母亲平静下来的只能是对她温柔耐心的安慰。

振宏看着母亲的眼睛，拼命想着母亲平日里喜欢的话题。

说点儿什么好呢？说些父亲的事？不然说点儿姐姐结婚时候的事？姐姐的婚事可是让母亲操碎了心啊。振宏此时思绪万千，努力搜索着脑海中的那些美好回忆。就在他想得入神的时候，玻璃墙的另一边传来了念咒语的声音。

母亲正在那儿喃喃自语。

"Giudi...zio...GI...udizio."

那天夜里，振宏终于摆脱了国情院，恢复了久违的自由之身。

夜晚的天空，群星璀璨，凉飕飕的晚风不住地往人衣服里钻。不知为什么，那风感觉比任何时候都要来得冷厉，来得刺骨。送他到门口的敬采提着他的行李箱劝他说：

"就像现在这样好好生活，把你母亲忘了吧！虽然你见到了她，但她并不是你的母亲，所谓虎毒不食子嘛！"

"我知道你们绝不会善罢甘休，不管怎样你们都会再抓她回去的，当然，没能让我招供对你们来说可能多少有些遗憾……"

振宏冷笑一声回应道。

"那随你的便咯，不论你做出什么选择，与 RV 崔明淑有关的所有资料都将会成为一级绝密。官方上，我们和这个案子没有一丁点儿的关系。韩国拥有公诉权的部门只有检察机关，这一点你应该知道吧？而检察机关是不会因为一起七年前的案子去起诉你的，当然我们也相信你会一直守口如瓶。"

"为什么？因为我就是真凶？因为杀人犯绝不会整天向别人炫耀自己杀过人的事儿？但我想告诉你，我……"

敬采将手里的包递给振宏，对他说了一句意味深长的话。

"你应该庆幸你还有这个黑锅可背，是它让你安然无恙地活到了今天。以后最好还是不要再和我们联系了，人只有一条命，好好珍惜吧。"

第五章　宣言

屋门口放着一双皮鞋和一双高跟鞋。

"你小子什么时候出来的？"

民旭衣服还没穿利索就跑了出来。

桌子上散落着女人的内衣，那桌子是著名设计师菲利普·斯塔克[1]的作品。振宏放下了手里的包。一个女人正躺在棕红色的真皮沙发上睡觉，身上一丝不挂。

"快起来，不好意思啦，你今天找个别的地方睡觉吧。"

那女人迷迷糊糊的连眼睛都睁不开了，看样子是喝了很多酒。她刚一清醒过来便被眼前坐着的这个陌生男子吓了个魂飞魄散，赶紧套上衣服落荒而逃。

"现在的妞儿可真可怕，喝起酒来不要命，随随便便就送上门。"

---

[1]译者注：菲利普　斯塔克（Philippe Starck）世界著名的设计鬼才，法国巴黎人，作品遍布全球。

民旭捡起刚才那女人落下的胸罩不好意思地笑了笑。振宏从冰箱里拿出一罐啤酒打开喝了起来。受振宏之托，他不在家的时候，民旭会偶尔来这儿帮他给花浇浇水，打理一下鱼缸。

原以为他出来的话会通知其他人的，没想到他竟然自己直接回来了。

"这儿比我家更近嘛，离公司。"

民旭拿过振宏手里的啤酒喝了一口说道。客厅的地板上铺着土黄色的地毯，振宏一屁股坐了下来，差点就坐在了扔在掉在沙发底下的高脚杯上。

杯子上，红红的唇印颇为显眼。除了高脚杯，桌上的托盘里还放着一小块干奶酪和一把切奶酪的餐刀。

振宏拿起刀在民旭眼前晃了晃，民旭被吓得赶紧往后退。

"干……干什么你？你生气啦？就因为我带女人来这儿过夜？"

"你难道不怕我吗？我……搞不好是杀人犯哦。"

民旭"哼"了一声，满脸的鄙夷。

"别说笑了，你徐振宏还敢杀人？你去公司里随便找几个人来问问，看看有谁会相信你的鬼话。"

"我不是和你说过吗？就那个 RV 的事，我说我妈现在变成 RV 来找我想要杀了我。"

振宏把最近经历的所有事情都一五一十地告诉了他。

民旭和振宏一样也是个现实主义者。听振宏讲的时候，他始终是一副茫然的表情，就好像在听他讲外星人的故事。在他看来，RV 或者 CIA 这样的词儿都是些与现实世界相去甚远的词汇。

"照你这么说，那个中国人就那么被你妈妈杀了？一个教会的常客竟然也会杀人？呵！"

看到民旭这样的反应，振宏才有了一种如梦初醒的感觉，他终于意识到自己过去这几周来是生活在一个多么虚幻的世界里。

没错，这才是现实啊，一个明天的股市指数远比复活了的母亲会不会消失这种事情重要得多的世界。

"要不是看在咱俩有二十多年交情的分儿上，我早就给精神病院打电话了。"

民旭一个人默默地喝着酒，好像在尽其所能努力理解着振宏刚才和他说的话。就那么沉寂了好一会儿，他突然开口问道。

"不过你妈为什么要杀你啊？"

"我也不清楚。"

"你也没问问？"

振宏长叹了一口气。

会客室里母亲看自己时的眼神深深地刻在他的脑子里久久挥之不去。母亲在杀了李青城之后依然不愿意放过自己，她翻着白眼，流着口水，死死盯着自己，那样子就像猎食者盯着自己快要到手的猎物一样，眼里充满了无限的憎恶与仇恨。当母亲身上捆绑着的铁链像饴糖一样被母亲不费吹灰之力就弄断了的时候，振宏被吓得目瞪口呆，坐在原地一动都不敢动。当时要不是敬采眼疾手快，他今天可就一命呜呼了。母亲怒吼的声音，子弹击中墙壁的声音，这些声音深深地沁入振宏的骨髓，到现在还回荡在他的脑海里。

"……我怕，因为害怕所以我没敢问。"

"有什么好怕的？"

振宏的两只手指夹着烟，瑟瑟发抖。民旭点着打火机递了过来。

他脑子里又想起了第一次和母亲眼神接触时的那种感觉。

振宏对李青城所谓七年前那起案子是雇凶杀人的说法半信半疑，他觉得那不过是他为了骗取宽大处理所精心编织的一个谎言。

那不过就是一起单纯的抢劫案，虽然最后演变成了杀人案，但李青城抢劫的目的就只是为了钱。

所以，那天如果振宏没向母亲提钱的事儿或者他早点出发的话，母亲也许就不会出意外了。

"我是因为你才死的！"

"你怎么没救我？！"

难道母亲是在无意识的状态下被这两种想法支配才执意要杀我的？也许是因为她内心深处对我的埋怨一直在增长，才引起了她的"故障"吧。

即使事实真的如此，振宏也无法抑制自己内心的伤痛，所以他一直不忍心问母亲。

现在的他，早已没有了当初干事业时的那份热情，或者说早已对工作失去欲望了。母亲去世的时候，他的雄心壮志就已随着母亲一起进了坟墓。

如果说他还有什么愿望的话，那大概就是想像个人一样活着了。

远离家庭和一切情感地活着。

振宏回别墅的路上就下定了决心，他决定要把公司的事全交给民旭。

"你回购了我的股份然后把公司接管了吧，我救出我妈之后就逃跑。"

民旭听到这话顿时吃了一惊。对于之前振宏说的所有事情他都还可以勉强应付，谁曾想他又给自己丢了一颗重磅炸弹。

但振宏看起来决心已定。

他不会再容忍母亲经历第二次痛苦的折磨，决心要去消除根植在母亲潜意识里的无限怨恨。现在的振宏有着足够强大的力量，他不再是那个被母亲抱在怀里哄着睡觉的弱不禁风的孩子了。

．

距上一次敬采来看守所已经过去很久了。

门口执勤的警卫友好地冲他点了点头以示问候。看守所道路上的积雪已渐渐开始融化，院子里的建筑大都斑驳破旧，脏乱不堪。此时正好是运动时间，可以看到在这里服刑的犯人们正在操场上踢球。

"怎么不见你经常来啊？"

"因为工作忙总是抽不开身。我上次来的时候为什么告诉我说不能探视？那个浑蛋是不是知道我要来故意惹事儿了？"

这个三十岁刚出头的教官听到敬采这话呵呵地笑了。

他已经坐在接见室里了。

他还像往常一样，穿着淡蓝色的囚服，胸口别着一个红色的名签。一看到敬采进来，脸上顿时现出一脸的不快。

同样，敬采也高兴不到哪儿去。今天来就是为了一解这阶段压得自己喘不过气的巨大压力的，但显然他已经迫不及待了。

大大伸了个懒腰之后，敬采从吱吱扭扭叫个不停的折叠椅上站了起来。

会客室里的布置还是老样子，一个角上坐着一名监视屋内情况的狱警，墙上挂着一个像素极差的监控摄像头，当然，屋里人之间的对话也不用担心被录音。敬采双手抱在胸前，假装做出灿烂的微笑。

"最近过得怎么样啊，你这个浑蛋。"

敬采向来对激怒别人的事情极为擅长，即使是个圣人也能被他逼得忍无可忍，这种能力已经深深地镌刻在了他的基因里。他能运用自己出色的记忆力和丰富无比的词汇量来说出一段极具艺术性的脏话，但他更倾心于先准确地把握对方的性格，然后敏锐地捕捉到其最敏感的地方并给予致命一击，这个才是他的最爱。

挨骂的人是死刑犯朴世春。敬采最少一个月来看他一次，每次一见他必先是一顿劈头盖脸的臭骂。

世春的虚荣心和自尊心很强，对小看自己的人常常以白眼示之。教官们会定期将世春在看守所里的表现和生活状况通过电子邮件详细地报告给敬采。这样敬采才能通过这些邮件内容找出适合攻击他的策略，好在适当的时机对他下手。

坐在角上的狱警赶忙上前将两人分开了。他虽然知道敬采想要干什么，但一般要么选择默许，要么就会在事后积极地给敬采传资料。

有些罪大恶极的死刑犯一旦进到看守所里来，便会展露出一种与其罪行极不相称的人格。比如有个男子连续杀害了数名女性并将她们分尸，实际上却是一个十分安静温顺的人；再比如还有个人诱拐杀害了多名儿童，却对别人对自己小小的称赞如饥似渴，也许是内心中还残留有些许拙劣的自尊吧。所以新闻报道里出现的那些重罪之人，有的不仅能与教官狱警们和谐相处，还能认认真真地遵循教化。

但像朴世春这样一直保持着自己本来面目的罪犯还依然是大多数。

因涉嫌杀害十五名独居老人，这个朴世春被依法判处了死刑。但他被送进看守所之后依然我行我素，恶性不改，表现出强烈的反社会倾向。就连因向来为人宽厚而被犯人们誉为"活佛"的李小平教官也无法战胜能言善辩的他，不得不屡屡拔出警棍。

敬采是借在法院旁听了对朴世春的死刑宣判的机会才认识他的。原本这是他的一个同事负责的案子，偶然间参加了当时的庭审，在听了朴世春为自己做的最后辩护之后敬采便被他那卓越的口才所深深折服。

世春面向审判长和庭下的听众开始了他的演说。

因为连续杀害多人，作案手法极其凶残，他被判处了死刑立即执行，他很清楚自己现在再怎么争辩也无济于事。

即便如此，他还是成功地煽动了很多人，包括当时参加庭审的诸多记者也为他的伶牙俐齿所震撼。这个残忍冷酷的杀人犯在他的诡辩中大言不惭地向众人解释了自己是如何迫不得已才取人性命的，还有是这个时代的问题才让他走到了今天这个地步云云。

"反正那些老人在死之前就已经成了这个社会的弃儿。他们每天靠着微薄的收入苟延残喘，不过是些只会浪费税金的社会底层人物罢了。捡废品之类的杂活儿就是他们的工作，而那些身患老年痴呆或者重病的人就连这样的工作也做不了。

"如果我不杀他们，他们的人生就会变得一帆风顺吗？在所剩无几的生命里他们能活得更好更人道吗？如果我不杀他们，他们只能日日食不果腹，苦苦挣扎，说不定在某一个炎炎夏日便会横尸于自己留下的粪便之上。你们很清楚，大部分被我杀掉的人，就算死在自己的屋子里几个星期乃至几个月都不会被人发现。这些人，即使逢年过节，他们的子女也不会上门探望。这些人，他们的朋友几乎都先自己而去，如果不是整日呆坐在公园里，他们甚至连和别人说话的机会都没有。夏天，他们交不起用电风扇的电费，只得从早到晚闷在蒸笼一样的破屋子里苦苦度日；冬天，为了节省暖气费，他们不得不每晚都睡在冰冷的床头……虽然死对他们来说是一种解脱，但将他们遗忘的正是在座的各位！

"在座无比高尚的各位，你们有没有想过任由这些老人像被扔在社会阴冷角落里一点一点腐败的垃圾一样慢慢死去是多么的没有人性？如果换作你们的话，你们又有谁会想像这样毫无尊严地活着？

"我就要被移送到监狱里去了，也许不久之后就会被执行死刑，但我一点儿都不为我的所作所为感到羞耻！我敢肯定，如果那些老人还活着的话，他们的死会远比我这个死囚的结局更加凄惨，更加悲凉！因为他们早已被这个社会判了死刑。

"尊敬的审判长，在场的各位观众，我有一个问题要向你们请教。在你们看来，究竟对人施以什么样的惩罚才能算是最痛苦的呢？在我这个戴罪之人看来，应该是——孤独。作为一个年幼便被同龄人冷落，在孤寂中长大的异类，我对这个答案确信无比。

"真的拜托你们了。

"请不要在孤独的人面前露出你们的微笑。

"请不要在孤独的人面前炫耀你们的幸福。

"无比孤独的我憎恨我的生命！如果当初母亲没有生下我

也许会更好吧!

　　"天生贫穷、瘦弱、孤独的我在别人的歧视中挣扎着活到了今天。这个社会就是一个巨大的陷阱,它的存在就是为了让我痛苦,让我孤独,让我不堪重负。

　　"不管他们年轻的时候曾有多么的风光,每当我看到衣衫褴褛、皱纹密布、佝偻着坐在地上晒着太阳的如今的他们时,就仿佛看到了未来的我,心里充满了恐惧。

　　"以后,我也会像他们那样活着吗?也会以那样的结局了却自己的一生吗?没有学历、没有手艺、没有魅力,长相平平的我能找到工作,能找到女朋友,能有自己的孩子吗?就算能,我的子女也还是只能像我一样过着相似的下等人的生活罢了。

　　"所以我下定了决心。

　　"就由我这个只能在社会里跌跌撞撞、四处碰壁的废物来收回那些不幸老人们所剩无几的时间吧。

　　"这并不能算是杀人,而是给那些孤独的老者们一个获得安乐死的机会,帮他们减少在这冰冷的世上所经受的屈辱。

　　"死在我刀下的第七个人是个身患重病,当时已然命在旦夕的老奶奶。在我割断她喉咙的时候,她不仅没有反抗,脸上反而露出喜悦的笑容,最后甚至我还听见她向我说了声谢谢。

"没错，是我杀了他们，那在座的各位你们又做了些什么呢？他们孤独的时候你们有陪在他们身边吗？你们有握住他们的手吗？勒死他们的又不是我，所以我很善良……用锤子敲碎他们头颅的又不是我，所以我很纯洁……坐在旁听席上的各位大概都是这么想的吧？

"当他们近在眼前时，你们无视他们的存在，装作没看见似的从他们身边匆匆而过。但我没有办法像你们一样冷酷，为什么？我……因为我像他们一样也是一个孤独的人！他们也曾和我有着一样　的表情。"

世春的演技不可不谓之出类拔萃。

为自己辩护时的手势，对语调强弱的准确把握，恰如其分的肢体语言，这一切让人完全无法相信他是一个杀害了十五名无辜老人的杀人魔王，更像是一个心思细腻、感情充沛的普通青年。

当他慷慨激昂的演讲结束的时候，观众中有人已是泪流满面，有的人则深受触动，连连点头。有个记者将他的演讲一字不落地发布在新闻上之后受到了惩处，因为他的话引起了整个社会的讨论与震动。

敬采那天就坐在旁听席上，他完整目睹了法庭上所发生的一切。也是在那一天，他生平第一次起了杀心。

迫使他起杀心的并不是他自己。十五名受害者生前是如此的悲惨，死后还要再被他亵渎一番，这样的人敬采无法饶恕。这种人，三言两语就将自己滔天的罪责推给了社会，满心欢喜地等待着那也许就不会被执行的死刑。如果一直养他到死的那一天，不知要被他浪费掉多少纳税人的血汗，敬采一想到这儿气就不打一处来。

媒体对朴世春的关注渐渐平息之后，敬采便每周来一次关押他的看守所找他，忙的时候也要一个月来一次。

虽然每次见面的时间只有短短的十分钟，但他也要毫不吝惜地先骂上一番。事实上，按照规定，如果犯人拒绝与来访者见面的话，即使事先有预约，来访者也无法如愿，但这条规定在敬采这儿失效了。

进入国情院后，敬采一直在负责处理有组织犯罪的部门工作，这让他得以在看守所内拥有多条人脉，这足以让他随意进出。

正所谓朋友多了路好走，朝中有人好办事。有时候为了能让调查顺利进行，也需要和领导们吃吃饭，在不损害公众利益的前提下尽量满足他们的要求，这样才能获得有价值的情报。

从被朴世春袭击的对象都是独居老人这一点来看，估计他对运动毫无兴趣而且也没什么缜密的计划。虽然连续杀害了十五个人，但他连一名成年男性都没能制服，可见他也不过是

个弱不禁风的病秧子。在被仁川某某派行动队队长出身的敬采
杀掉之前，饱受殴打的他还得老老实实地答应与敬采见面。

这样的折磨到今年已经是第五个年头了。刚开始见面的时
候，朴世春还经常晕倒或者冲着敬采发火，如今已能坦然面对
甚至发出轻蔑的笑声了。

为了想办法刺激他，敬采可谓煞费苦心，有时觉得这比直
接去调查还要艰难。

敬采的意识模糊了。

坐在玻璃墙那边的家伙是个披着人皮的禽兽，而自己才是人。

他是个杀了十五个人之后还依然可以心安理得睡大觉的恶魔。

看他看得越久，敬采的眼睛和耳朵就越是会产生朴世春是
个恶魔的错觉。敬采与他从生到熟，从熟到亲，甚至偶尔还有
觉得他可爱的时候。虽然他清楚地知道自己对面的这个人曾将
老人的手脚捆绑起来严刑拷问他们，但看到他因感冒而日渐消
瘦的身体时，敬采的心里总觉得有些不舒服。

如果某一天，死刑执行，他死了的话……自己会独自一个
人在空荡荡的屋子里，一边流着眼泪一边吃着炸鸡，喝着啤酒
吗？与世春见面早已成为了他生活的一部分，而就是这种习以
为常才让他感到畏惧，这才是他近来逐渐减少来看守所次数的
真正原因所在。

世春终于被激怒了。敬采的辱骂把他气得呼呼直喘粗气，还像触电了似的瑟瑟发抖。玻璃墙对面的世春眼里杀气腾腾。教官走过来向敬采示意会面时间已到。

"我还会再来的，那个时候你最好还活着。"

敬采拍了拍膝盖，走出了接见室。

一直站在门口等他的教官一见他出来赶忙迎上前握住了他的手，眼里噙着泪水。这个教官平时从世春那儿遭了太多的罪，给敬采发邮件诉苦最多的也是他。向他做出自己一定会常来的承诺后，敬采才离开了看守所。

敬采来到停车场刚上车要走，外套口袋里的手机响了。

"前辈，你现在在哪儿啊？"

"来喝点小酒，怎么了？你来不来？"

"你就别开玩笑了，你要是听了我下面要说的话你就轻松不起来了。"

夏萤说崔明淑已经被移交给了美国 CIA。听到这个消息，敬采心头顿生一股想要再去一次看守所把那个朴世春骂个狗血淋头的冲动。

"但是前辈，还有一件重要的事要告诉你，现在看来，不光是这个案子，好像整个 RVP 事件都与朴钟浩博士有关。"

"朴钟浩博士？"

夏萤说这是从副院长那儿得来的消息。

虽然韩国政府也想将活生生的 RV 据为己有，但毕竟 CIA 那边拥有更多确切的证据，所以不得不向他们寻求帮助。根据 CIA 提供的资料，RVP 与美国国防部耗费数亿美元开发的某个项目高度吻合。当时主导整个项目的韩裔专家突生变故，导致重要的研究成果被泄露，美国国防部因此损失惨重。CIA 借此认为，韩国必须承担相应的责任，同时作为整个项目的开发国，美国必须得到项目的附属产品——RV 崔明淑。

夏萤的推理不无道理。根据一系列的线索来推断，目前整个案子最大的嫌疑只能定格在那个人身上。

朴钟浩博士。

韩裔天才，获奖几乎毫无悬念的诺贝尔生理医学奖候选人，他因于颁奖仪式前突然失踪而遗憾丧失了获奖资格。获知了其可能已经返回韩国的情报后，国情院儿年来一直在苦苦寻觅他的踪迹。朴钟浩博士的失踪和其与美军秘密合作共同开发的 SSS 项目有着直接关系。

自 21 世纪以来，因罹患精神疾病而犯罪的人不断增加，世界范围内越来越需要一种比现行死刑制度更加先进的刑罚与教化系统。朴钟浩博士在美国提出了一个代号为"完美审判"的科研项目并得到了巨额的研究经费支持。然而，美国前总统切尼·霍华德在视察该项目的某项实验时，其恐怖的实验结果让他极为震惊，于是他当即下令销毁与 SSS 有关的所有资料。

但是朴博士在其研究团队的帮助之下提前转移了其中的重要资料，从此销声匿迹。SSS 到底是什么，整个项目的构成是怎样的，至少到目前为止还没有人知道。

"所以，你的意思是说朴钟浩博士是整个 RVP 事件的始作俑者，而且复活死去的被害人就是 SSS 项目的主要工作吗？"

"现在看来应该是那样，所谓的 SSS 就是'Silma Silmasta System'的缩写。"

"Silma Silma... 什么？"

"这句话出自古巴比伦的《汉谟拉比法典》，意思是以眼还眼。条文规定凶手在犯罪之后必须受到与受害人所受苦难相同的惩罚，这就是'同态复仇法'。"

这让敬采一下子想起了崔明淑"审判"李青城时嘴里不停嘟哝着的话。"以眼还眼，以牙还牙"。听到这话的 CIA 探员们都分明有所触动，因为他们借此确定了一件事，那就是 RVP 的背后其实是朴钟浩博士在作怪。

另一方面，他们又有些后怕。为了打造一个全新的刑罚体系，这个号称世界上最聪明的科学家得出的结论竟然是"以眼还眼，以牙还牙"，并选择了让死人复活。

从技术上来看，复活已死之人，让他们亲自去寻找凶手偿命的尝试实乃神工鬼斧之笔，但从哲学上来看，这反而是一种人类历史的倒退。沙特阿拉伯曾经运用于刑罚中的"分尸刑"与之相比，反而看起来会更加人道，因此霍华德总统要求废止整个项目的用意完全可以理解。

"这难道不是人之常情吗？"

从夏萤的声音里可以听出她对朴博士深切的同情。

"朴钟浩博士的儿子不是在七岁的时候被人拐走杀害了嘛，但至今还没抓住那个凶手。"

"可因为这个就做出这样的事情也太……"

对再次见到自己死去儿子的渴望与期盼着严惩凶手的满腔愤恨，也许正是这二者的结合造就了这个 SSS 吧。

敬采从怀里掏出一盒烟来。虽然六个月来，他为了戒烟一直苦苦忍耐着，但当前的形势让他再也无法抑制自己的烟瘾了。

第六章　解救

11 月 21 日。

国家情报院楼顶的直升机停机坪上，三架驻韩美军提供的军用直升机已经做好了起飞的准备。按照日程，崔明淑和 CIA 的有关人员将前往金浦国际机场，并在那里搭乘专机飞往美国华盛顿特区，最终目的地是位于华盛顿南部弗吉尼亚州麦克莱恩市的 CIA 研究所。

夏萤和敬采两人为了保护这些重要客人也坐在直升机上共同向机场驶去。虽然事实上那些人不需要他们的任何帮助，但强烈的自尊心让他们无法就此袖手旁观。某些人不仅在别国的领土上对这里发生的案件指手画脚，甚至还随心所欲地带走了案件的重要证人，这完全就是对他们尊严的践踏。

自从儿子走后，明淑整个人都变得愈发忧郁，不仅饭量大减，连睡眠的时间也越来越短。她自上次之后便再也没有发作过，对于所有的指示也是言听计从，和社会上其他平凡的中年妇女毫无区别。

连院长也来亲自为他们一行人送行。他与此次来自美方的最高级别长官——CIA 东亚事务司司长凯安·麦卡洛握手后，向他们传达了"一路平安"的祝愿。虽然不知道此次双方因为这件事达成了怎样的幕后交易，但院里上上下下都深感不快。

直升机准时起飞了，天上暮霭沉沉。夏萤想起了天气预报里今明两天可能要下暴雪的报道。明淑坐在夏萤身旁，低垂着头，不停地眨着眼。

"哪儿……我们这是要去哪儿啊？"

"去美国。"

"美……国？为什么？"

明淑的这个问题让夏萤一时语塞。

一旦到达美国，明淑将要经历什么样的事情显而易见。为了搞清楚 RV 和人死而复生的奥秘，毫无疑问，他们会抽血，拍照，在她身上做遍所有能做的检查，这一切都会让她再次陷入无尽的折磨当中。

明淑说不定会因此而"再次"丧命，到那时，忍辱偷生反倒不如一死了之来得痛快。

"振宏……呢……？振宏……也去吗？"

"我们让他回家了。您很害怕吧？现在您放心和我们走就好了。"

夏萤的嗓音变了调。

为了搜集朴钟浩博士的相关资料，她昨天一宿没合眼，面色憔悴。完成此次护送任务后她将会和敬采一样获得两天的休假。

明淑一脸的茫然。

"他回去了？不管……我了？"

"您的儿子是凶手啊，我们也是不得已才出此下策的。"

"振……宏？不是……振宏他……他没做坏事。"

又开始了。

不知究竟是哪里出了问题让明淑说话的时候总是像这样语无伦次，毫无条理。

残次品，她很明显就是 RV 中的残次品。是因为她无法接受儿子杀了自己的事实，还是因为她的儿子本来就是清白的？每次看到天真地思念着自己儿子的崔明淑，夏萤都会情不自禁地怀疑是不是自己真的搞错了。

不一会儿，直升飞机就已降落在了金浦机场楼顶的停机坪上。国情院的探员们和崔明淑从第三架直升机上走了下来。先到的 CIA 探员看到明淑后赶紧迎了上来，夏萤则用流利的英文与他们开始了对话。

"机场中转区域有可以通往专机登机口的电梯，我们现在去那边吧……"

一行人成群结队地走进了大楼。透过走廊的玻璃窗可以看到下面的私人飞机专用停机坪。所有人都走进了限载二十人的升降电梯里。在电梯下行去往航站楼二层专机登机口的途中，只听"咯噔"一声巨响电梯忽然停了下来。电梯内的灯光连着闪了好几下后，应急灯亮了起来。有人迅速按下了电梯门旁边的紧急按钮，但没有任何反应，电梯内的气氛顿时变得紧张起来。没过多久，电梯里的一个CIA探员便昏倒在地。

"是毒气！"

敬采迅速脱下外套捂住了自己的眼睛、鼻子和嘴。他正要张嘴警告夏萤，但为时已晚，身材和男性相比相对瘦小的夏萤一般中毒的速度更快。敬采一把抓住眼看就要倒下去的她，将她平放在了电梯地板上。连崔明淑也没能幸免，早已晕倒在地，而CIA探员中的两三个人也接连失去了意识。

电梯里只剩下包括敬采在内的五个人还在苦苦支撑着。好在几个CIA探员用叠罗汉的方式打开了电梯顶上的换气口。外面的空气一进来，电梯便又开始动了。这个"突然袭击"让几个相互搀扶着的人全都跟跟跄跄，跌倒在地。敬采也被拉扯着一屁股坐到了地上，眼睛酸痛，身体发沉。他虽然还没有失去意识，但明显已是有气无力。

就在这时，警报声突然响起，电梯门也打开了。

敬采前面的一个 CIA 探员小心地观察了一下外面的情况，然后跳了出去。在电梯里倒成一片的其他探员们也纷纷起身向电梯外跑去。敬采虽然气喘吁吁，但端着枪的手却稳如泰山，仔细观察着周围的目标。

"啪，啪，啪。"

可对方也不是空手而来。随着几声枪响，子弹"嗖嗖嗖"地向正在走出电梯的探员们飞来，而那些人开枪的姿势真是标准得可怕。

更让他吃惊的是 CIA 探员们，他们即使身中数枪也面不改色，岿然不动，还依然像机器人一样泰然自若，一直没有停止射击。

防弹衣，他们好像都穿着防弹衣。可他们都穿着轻薄的便装，从外表完全看不出来任何防弹衣的痕迹。

'不愧是 CIA……真是时刻准备着啊！'

对方好像也发现了 CIA 探员们身着防弹衣的事情。他们稍作停顿，调整了一下瞄准方向，然后开始向探员们的头部射击。转瞬间，敬采面前的几个探员已挨个中枪倒地。

受毒气的影响，敬采已有些意识迷糊了，他微微睁开眼看了看离自己最近的 CIA 同行。那人倒在地上，胸口正一上一下均匀地呼吸着，虽然被击中了要害部位但却并没有任何出血的迹象。周围其他中枪的 CIA 探员也是如此。仔细一看，子弹并没有穿透他们的脖子，而是附着在他们的皮肤上。

敬采不由得发出感叹。

在不知道敌人是何方神圣的情况下，这些来自美国的顶尖高手不仅在几分钟的时间内就基本压制住了对方，而且个个毫发无损。

事先没能预料到这次突袭的 CIA 的自负可能是此次护送行动失败的原因之一，但敌人出其不意的奇袭才是他们失败的根源。敌人趁所有探员都集中在一个密闭空间里的时候果断使用了麻醉气体，等他们跑出电梯后又继续发射麻醉弹，这天衣无缝的战略不可不谓之精巧、周密。

虽然他们始终在尽全力防止与崔明淑案有关的情报为外人所知，但现在看来前功尽弃的结局已不可避免。

不远处传来"咯噔咯噔"的皮鞋声，根据脚步声推断来者最少有五个人，而且体型健硕。

他们究竟是谁呢？

毫无疑问，人死而复生的活证据会让当今世界众多的机构和个人眼红，世界大型跨国制药公司、富豪名流、势力庞大的政治家乃至国际犯罪集团等不一而足。不，应该说这是一个所有人都迫切想知道的秘密。

敬采悄悄地从怀里掏出一把手枪，把它藏在了大腿下面。然后假装失去知觉似的将头倚在了电梯的墙壁上。他打算等敌人现身的时候开枪将他们击毙。

一，二，三，

敬采眯着眼睛看到眼前闪过了几个人影，里面有一张他特别熟悉的面孔。

"徐振宏？"

他穿着淡色的针织衫和牛仔裤，打扮得就像个午休期间出来喝杯咖啡的人一样轻松而随意。振宏走上前从敬采的大腿下掏出了他刚才紧紧压在下面的枪，看来是电梯内的监控探头让他对电梯内部的情况已了如指掌，然后将冰冷的枪口对准了敬采的太阳穴。

"好久不见啊，您还过得好吧？"

"托……你的福。"

振宏冲外面喊了一声，几个彪形大汉便从电梯外走了进来，不论装备还是动作看起来都非常专业。几个男子来回搜查着昏倒在地的CIA探员们的身体，从他们每个人的怀里都搜出了一个无线终端机，然后将它们像柴火一样堆放在敬采面前。振宏举起敬采的那把枪朝着那堆终端机乱射一通，只留下一堆像碎饼干一样的电子元器件。毁掉了它们，CIA 那边便很难再掌握现场的情况。

"下一个难道是我吗？"

敬采已经做好了最坏的打算，但振宏拿开了抵在他脑袋上的枪，他也并未伤害躺在地上的其他人，而是赶紧转身去检查倒在一旁的母亲的情况。

他将手放在母亲的鼻子下检查着她的呼吸，然后拿起她的手腕号了号脉，脸上露出一副放心的表情。

看到这一幕，一直深埋在敬采内心的一丝疑惑终于像融化的积雪一样消失了。振宏脸上的表情与子女在为父母的健康而感到担忧时的表情别无二致。即使在这样一个混乱的场景之下也不禁让人为之动容。

"你知道你袭击的这些人都是谁吗？他们远比你想象的要可怕得多。"

可振宏并没有听他说话，只是在一旁自言自语地嘟哝着：

"这个世界上当然有比生命更宝贵的东西。"

他轻轻地从地上抱起失去知觉的母亲，走出了电梯。跟在他身后的一名男子接过了他递过来的手枪，那男子右边的脸和脖子上有一道长长的刀疤。

敬采的胳膊在麻醉弹的作用下像被蜜蜂蛰了一样火辣辣地疼，他的胃里此时也是翻江倒海。看着敬采彻底倒下之后，振宏便带着他的帮手们转身离去。

刚刚被振宏击碎的CIA探员们的终端机碎片散落了一地，不断在敬采的眼前滚动。那堆碎片里竟然还有一张完好的内存卡。

精神恍惚的敬采拼命挪动着身体，当他用尽身上的最后一点力气抓到内存卡时，便眼前一黑什么也不知道了。

·

回到院里之后，敬采和夏萤两人被一系列的问题狂轰滥炸。

他俩不仅被取消了休假，还要提交一份关于这次袭击事件的事故报告。共同参与此次行动的CIA探员们的日子也不好过，他们暂时被禁止回国，同时为了全力抓捕徐振宏和崔明淑，他们不得不选择正式向国情院寻求帮助。

同时，听说美国方面将会派遣相关的专家来韩国修复被摧毁的最新型终端机。CIA所使用的无线终端机是目前市面上安保器材中最先进的产品，据说能修理它的工程师在全世界范围内不超过五个。

敬采一回来便暗地里将手里的内存卡交给了技术组的工程师，期望能从中找出一些与SSS项目有关的情报。之后，他径直走向了院长室。他穿过悬挂着历任国情院院长照片的走廊，最后停在了挂着第三十五任院长全成钟照片的门前。

全院长看到突然申请与他见面的吴敬采探员时感到非常的意外。敬采对全院长说：

"我思前想后，怎么看都觉得徐振宏不是崔明淑案的真凶。"

"此话怎讲？"

窗外，晚霞中浸染着沉沉的墨色。

院长古铜色的办公桌上鳞次栉比地摆放着兰花一类的花花草草，傍晚的霞光透过窗户照进屋里，隐隐约约能感觉到屋里那橘黄色的雾气。

"徐振宏完全没有理由救他的母亲啊。释放他之后，我们也完全停止了与崔明淑杀人案有关的所有调查。如果他是真凶的话，那我们当初的决定就会沦为世人的笑柄。而且从凶手的立场上来看，CIA 将崔明淑带往美国将对他十分有利，因为威胁他生命的人将从此消失。

"但是徐振宏被释放之后，他将之前所持有的公司股份全部转让给了别人。为了拯救当时岌岌可危的公司而骗取保险金，这是他被定性为七年前那起杀人案凶手的直接理由，这也是我们所预测的他唯一的作案动机。如果他把钱看得比自己母亲的生命还重要的话，那他为什么要将自己所持有的公司股份卖掉？

为什么还要选择逃跑呢?

"在这次劫走他母亲的行动中,他没有造成任何的人员伤亡。虽然有一名 CIA 探员因为吸入麻醉剂而产生了过敏反应,但可以看出来,他们只是希望压制住 CIA 和情报院的探员,并没有将之升级为流血冲突的打算。换句话说,他是一个自控能力很强的人,尤其是对于暴力。因此,所谓七年前是他雇人连刺了自己母亲七刀并想置她于死地的说法有点儿说不过去。"

被探员们称为"白首狂夫"的全院长盯着徐振宏的照片看了看。

与之前来自政界的历任国情院长不同,全院长发迹于国情院的内部系统,他年轻时也是国情院的探员,有着十分丰富的实战经验。他亲自接手过各种各样的案件,接触过成千上万的犯罪分子,所以他的直觉和洞察力向来都准确得惊人。

"不能一直都用同一种眼光看人嘛!"

"这……?"

"单单因为这个理由还无法断定徐振宏就不是凶手。人总是会变的,闯了祸之后会变,遇到问题解决之后也会变。"

接着,全院长又简单地做了说明。

"你不妨可以这么想。徐振宏年轻的时候生活拮据,由于当时情况过于困难所以一时丧失理性买凶杀死了自己的母亲。

可一向单纯的他并不知道自己所雇的杀手会用怎样的方式处理这件事，只是要求他不要留下任何证据就好。但他事先完全没有想到那个杀手会在光天化日之下连刺他母亲七刀，否则他怎么可能看得过去？他不知道杀手们做这种事一般都是驾轻就熟。

"虽然崔明淑的巨额死亡赔偿金能够挽救他的公司，但七年来他也承受着常人难以想象的良心上的谴责。可能的话，他又何尝不希望时光能倒流，母亲能起死回生，他也愿意为此付出任何代价。

"可突然有一天，他的母亲竟然真的复活了，这对他来说无疑是喜从天降啊。因为他终于有了个机会能挽回自己年轻时犯下的错误。"

全院长指出了敬采一直都没能看到的地方。他的推理很好地诠释了 RV 崔明淑企图杀掉自己儿子的原因和振宏的一系列举动。"白首狂夫"的称号果然不是浪得虚名。

"我在朴钟浩博士失踪之前曾见过他一面。虽然自己的儿子至今不知所踪，但他还并没丧失对别人的信任，他依然相信任何的犯罪分子都有可以教化的余地。"

"真的是这样？"敬采对此有些不以为然。

"当然，大部分的犯罪分子都是可以通过教化重新走向社会的，但其中患有精神疾病的人却应该另当别论。他们的大脑本来就与常人不同，年幼时遭受虐待或者缺少关爱都有可能是造成他们这种问题的根源，但后天所遭受的虐待也可能会诱发先天性的脑部缺陷。"

敬采想起了一位日本犯罪心理学家所写的关于大脑有缺陷罪犯的文章，这个心理学家曾与这类人的父母做过面对面的交流。

"一对父母说他们的孩子从小就十分调皮，如果不对其施以严厉体罚的话，孩子就会愈发难以管教。来自同一个家庭的兄弟俩，小时候几乎没被打过的那个健健康康地长大成人，而经常挨打的那个则在后来变成了罪犯。随着时间的推移，父母的疑心病会越来越严重，对孩子的体罚程度也会随之加重。而令人惊讶的是，一些往往被批评缺乏责任感的父母，他们又大都有着光鲜的职业和良好的声誉。"

院长似乎早已看透了敬采说这些话的意思。

"朴博士觉得只要能够修复罪犯身上所存在的大脑缺陷，就可以成功地对其进行教化？"

"您说通过……治疗来教化？"

敬采有些迷惑了，这和RVP又有什么关系呢？这种通过让被害人复活并亲自惩处杀人凶手的方式怎么就能和对罪犯的治疗联系起来？他还是毫无头绪。

"我听白夏萤探员说你认为崔明淑是 RV 中的残次品？可我并不这么认为。崔明淑的行为可能完全是正常的。"

全院长拿起喷雾器给桌上的蝴蝶兰喷了点水，那如玻璃球一般晶莹剔透的水珠里倒映着办公室的全貌。

"虽然我之前所说的都还仅仅是我的推测，但我们并不清楚 RV 内部是不是有一种可以用来检测其审判对象被教化程度的装置。徐振宏现在正在为他所犯下的罪行忏悔，从目前的情况来看基本上已经算是完成了对他的教化，所以崔明淑后来才变得犹豫起来，这是我的看法。"

"但这要怎么实现呢？要用什么东西才能判断出犯人的内心到底有没有真正完成教化？"

"这个我们到目前为止还不得而知，可是从另一方面来看，死而复生的人难道不是另一种形式的天才吗？"

全成钟院长用一小块干布细心地擦拭着兰草叶子上附着的灰尘。

敬采至今也还没有发现徐振宏有任何的脑部缺陷或者心理上的异常症状。心理问题专家开出的诊断书也充分证明了他是一个正常人而非心理疾病患者。这么看来，他很有可能在这七年间始终都在对自己当初犯下的罪行进行反思和忏悔。

徐振宏案中出现的 RVP，可以说明 SSS 除了是个单纯的刑罚系统之外，也是第一个可以证明其可以作为新的教化系统的案例。

通过这个系统的教化，犯罪分子一旦真正做到了洗心革面，改过自新，那被害人便不会消失并从此得以安享天年了？

一个又一个的疑问源源不断地涌上敬采的心头。

全院长和蔼地看着他说："我对你和白夏萤探员有些特别指示。"

全院长总共提了以下几点：第一，尽快查出徐振宏和崔明淑的具体下落；第二，保护他们两人的人身安全；第三，找到他们后务必隐瞒两个人的行踪，避免崔明淑再次被 CIA 带走。这便是全院长给敬采和夏萤两个人的秘密指示。

而这也正是敬采所想要的。

第七章　自救

　　山路两旁的柿子树长势喜人。虽然冬天一到，鸟儿们飞走了，落叶也都变得破败枯黄，但山里的空气还是那么的清新，舒畅。疗养院坐落在离上山小路很远的地方，如果事先没有弄清它的具体位置，很容易就会迷失方向。

　　草丛掩映之中，一个笨重的大铁门渐渐出现在人的视野里。这个无惧狂风骤雨的大铁门周围布放着一圈让人害怕的铁栅栏和铁丝网。

　　一听他们说自己来自国家情报院，护士小姐用讽刺的口吻说："当然咯，那还用说吗？"一旁站着的男助理也偷偷笑个不停。现在，这个地方可是住着"世界著名女演员"、"世宗大王"甚至"外星人"，这回没想到又来了个"国情院探员"，他们能不笑吗？夏萤实在受不了这两个人可笑的反应，从怀里掏出自己的证件放在了他们的面前，但两个人还是一副见怪不怪的样子。她不知道入住疗养院的患者中有个人妖，这个人伪造了假的身份证和制服，背着自己的家人已经在这里偷偷住了足足十二年了。

在详细地向这两个人解释了一番申彩儿的故事后，他们才答应为她联系负责申彩儿的主治医生。虽然她来之前曾给他发过邮件，提出希望他能给予一定的协助，但因为这个医生平时工作太忙，所以两人一直没能见面。

护士先给夏萤端来了金银花茶和一些小点心。约定的时间已到，但夏萤等了半个小时之后申彩儿的主治医生张隅石才风尘仆仆地赶来了。

"实在不好意思，本以为可以按时结束的。"

这个张医生上身套着白大褂，下身穿着牛仔裤，穿着随意清新，可以看出是个很开朗的人。相比精神科医生，女子中学的语文老师也许更符合他的形象。

"我之前和您提到的有关资料不知您准备了吗？"

"嗯，都在这儿。"

原则上来讲，患者的谈话记录和诊疗信息一般是不能向外人公开的。只有在涉及犯罪或者人命关天的重大事件时，他们才会慎重地将资料提供给有关部门。

"申彩儿患者在这十年间虽然多次住院和出院，但是她的病情却始终没能好转，甚至还有进一步恶化的趋势。作为医院一方，我们已经竭尽所能对她开展了全方位的治疗……哪怕能抓捕犯罪嫌疑人中的任何一个人并让他受到法律制裁的话，说不定这都会成为她恢复健康的一大转机，这种情况在类似的病例中也不是没有出现过。所以我觉得这可能是她最后的机会了。"

听张医生说，申彩儿是在十年前的秋天入住珠月精神疗养院的，那年她才二十四岁。这个善良的少女曾经怀揣着一个当一名幼儿园老师的梦想。但经历了那件事之后，她开始自暴自弃，频繁出入各种娱乐场所。在做陪酒女的五年时间里，她接触了大量的违禁药物，给自己的身心造成了不可挽回的损伤。最后是因为在客人面前企图自杀的疯狂行为引发了骚动才被人送到疗养院来的。有个警察看到遍体鳞伤的她很是不忍，便与精神保健社会福祉协会取得了联系，帮她办完了所有的住院手续。

"在涉黄的娱乐场所？"

"经历了惨痛的轮奸之后，作为一个女人，难道不应该是对男人和性都无比地痛恨与恐惧吗？"

张医生放下茶杯，微微笑了笑。

"一般，大部分人都会这么认为，但实际上与之相反的情况反而更多。她们通常把这当作一种自我惩罚的方式……在娱乐场所工作的同时对遭受侵害的自己进行惩罚，也可以把这看作一种'迂回式的复仇'。只有让这些前来寻花问柳的客人痛苦才能缓解那些犯罪分子给她带来的伤痛吧。实际上，听说她在每一家娱乐场所工作的时候行为都十分狂放。但讽刺的是，她却常常能成为那些地方最受欢迎的陪酒女。"

"她还有个年迈的奶奶需要赡养，所以为了赚快钱，出入娱乐场所也是不得已而为之的吧。"

张医生摆了摆手否认道：

"事情好像并不是您想的那样，我亲耳听申彩儿小姐说有个人一直在帮她出所有的生活费呢。"

"那看样子她还有个有钱的亲戚？"

"那个……那个一直在经济上给予她帮助的人是当年参与轮奸的几个人中的一个，名字叫什么来着？"

张医生打开放在桌上的电脑，开始查找起与申彩儿患者的面谈记录。时间过去了许久。夏萤一边吃着白色的小点心一边用不确定的语气问道：

"那个人是不是叫……徐振宏？"

"啊，原来您知道啊？没错儿，是一个叫徐振宏的先生通过他姐姐把钱寄过来的。"

他终于找到了资料然后核对了一下答道。

振宏这十年来一直都在秘密资助着彩儿，而且资助金额也在慢慢增加，一个月也没落下。不仅彩儿的奶奶用他寄来的钱住进了老年公寓，彩儿也得以长期住在疗养院接受治疗。

夏萤吃点心的时候，上面掉下来的小碎屑很多都掉在了她的黑裙子上，她皱了皱眉头用手拍了几下裙子。

真是个让人捉摸不透的怪人啊！

之前在遭到突袭之后，敬采曾和躺在医务室的床上的夏萤说了几句话。他说徐振宏如果真是杀人犯的话，他就不会去救他的母亲。

当时参与那起强奸案的总共有七个人，这七个人中除了振宏谁都没有对申彩儿有过丝毫的补偿和关心。

也许是时候改变对他的看法了，他不可能患有什么精神疾病的。

张医生又突然开口提起了另一件事。

"有件事儿很奇怪，申彩儿说她最恨的人竟然是徐振宏，申彩儿对他的憎恨远胜于其他几个涉事的人。我在和她谈心的时候只要一提到他，她的脸色就会马上阴沉下来，举止恐怖，但所说的话也不过都是些胡言乱语……"

"为什么？他可是唯一一个表现出忏悔之意的人啊。"

张医生将申彩儿在与他面谈时所画的画拿出来放在了夏萤面前。她的画轮廓极其简单但却异常的扭曲，画中的人物完全没有任何人类的特征，看上去更像个箱子或者被撕破的碎布块，那水平可以说与幼儿园小朋友相差无几。性暴力给她造成的精神上的退化很有可能是导致这种后果的直接原因。

夏萤仔细地观察着眼前的这幅画。

画中，一个乳房硕大，双腿修长的女子被几个男人团团围住，他们一个个眼睛通红，涎水直流，牢牢地钳制着女人的四肢。画的最上方画着一个凶神恶煞的怪物形象，那怪物张着血盆大口，牙齿无比锋利，头上还长着两只犄角，看上去那画中的女子就像是个即将被献祭的祭品。

夏萤指着画中那个恐怖的怪物问道：

"这个……"

"那是狒狒，是韩国传统假面舞中的一个角色，又被称为营奴，据说是一种过去专门惩治不法官员的鬼神。听说案发当天，徐振宏在表演的时候就扮演的是这个角色。

"虽然申彩儿至今还无法原谅徐振宏，但不能否认的是，从他那儿得到的补偿金以及生活上的帮助也在慢慢化解她心中的怨恨。申彩儿在画这个狒狒的时候曾好几次口吐白沫，晕死过去。她曾经告诉我其实她一直都想拒绝徐振宏的援助，但迫于现实的窘迫她不得不选择接受。"

画中那个狒狒的形象着实令人生畏。

夏萤感觉自己好像坠入了迷宫。

他是个强奸犯。

但十年间，他一直都在默默无闻地帮助着受害人。

他是个杀人犯。

但他为了救自己的母亲，不惜放弃了自己所有的身份、地位和事业，毅然选择了逃亡的生活。

徐振宏到底是个什么样的人啊？一个残忍的罪犯？还是个流着悔改之泪的忏悔者？

"我能和申彩儿小姐当面谈谈吗？"

从张医生的表情能看出他感到有些为难。虽然他也很想帮夏萤，但他担心重新提起往事说不定会导致申彩儿病情的进一步恶化。

"可是，目前除了她的医护人员，申彩儿还没有和其他人接触过，即使你们见面的话我估计也不会有什么收获的。"

"拜托您了！"

夏萤低着头请求道。申彩儿是这个世界上唯一能告诉她徐振宏的故事的人，也是唯一一把能打开他精神世界大门的钥匙。

经过许久的努力，夏萤终于成功说服了张医生，获准与申彩儿见面。

她现在被安置在三层的封闭式病房里。为了防范患者的危险举动，安装在窗子上的护栏沿着走廊窗户一直延伸到了疗养院大楼的二层。透过玻璃窗可以清楚地看到大楼对面的珠月山和大片大片的榆树林。全副武装的登山客们就像工蚁一样有序地排成一队，正从山脚下向上攀登。

"那边坐在天窗底下扶手椅上的人就是她。"

张医生向夏萤反复叮嘱了些注意事项后便离开了。

刺眼的阳光以要融化一切的气势强烈地照进病房里来。彩儿那苍白凄惨的面孔让夏萤瞬间明白了张医生那句"最后的方法"的说法，任何一个看到她真容的人都不会相信她还活着。

去年，夏萤在参加心理分析研修班的时候曾听到过一种说法，就是警戒型性格障碍患者中有很多人有着出众的外表。连张医生也说申彩儿当初在娱乐场所混迹的时候常常是那儿人气最旺的陪酒女。正是因为如此，申彩儿才受到了更大的打击。

只剩下一副皮包骨的申彩儿坐在椅子上，眼窝深陷，皮肤粗糙，像枯草一样干涸的头发梳得还算整齐。可以看出，她为了消除自己身上包括胸部和臀部在内的所有女性特征付出了很大的努力。

犯罪分子正在这高墙之外肆无忌惮地享受着生活，而受害人却只能在这骇人的苦痛中终日苦苦挣扎，现实竟是如此的讽刺与不公。

一步步接近申彩儿的夏萤发现她正坐在椅子上画着画，她那树枝般枯槁的手指与指甲盖已被各色的水彩笔染得不成样子。

发现有陌生人靠近，彩儿一把合上了手中的素描本。

"我不想和你说话。"

那口气听上去好像她认识夏萤似的。夏萤停住了脚步，因为她看到门外的医护人员示意她不要说话。难道张医生事先已经将自己要来探望申彩儿的事情告诉她了？十有八九是这样！夏萤心里揣测道。

彩儿眼中带着熊熊怒火张口问道：

"话虽难听，但说真的，你什么都不是，你就是个冒牌货，别人的傀儡罢了。"

这些谜语一样的话让她看起来更像是个精神病患者。

"没错儿，我确实什么都不知道，所以你愿意把你知道的都告诉我吗？我听说徐振宏对你做过一些不好的事，如果你愿意帮我的话，我一定替你抓住他并把他送进监狱。我有信心能让他吃一辈子牢饭，所以你就帮帮我吧！"

听了夏萤的话，申彩儿的表情马上变得不一样了，那变化就像中国的川剧"变脸"一样瞬间就发生了。

"为什么？为什么要把我的老师送进监狱？徐老师他什么都没对我做，他是个特别善良的人，有一颗天使般的心。"彩儿反问道，脸上带着孩子般的天真。

"他什么坏事都没做过？真的吗？请你从头开始说，说得再详细一点，告诉我那天究竟发生了什么……"

"是狒狒！都是狒狒干的！所有可怕的事情都是他做的，是他把我……"

彩儿突然大声吼道，呼吸急促，眼睛睁得浑圆，四肢僵硬，俨然一个病人犯病时的样子，她的反应让她看上去更像是患了人格分裂而非性格障碍。

夏萤此刻也体会到了那种被人歧视的滋味儿。这和当初崔明淑被催眠时的场景竟是如此的相似。当时的明淑也是意识错乱，语无伦次。

"那么那个杀你的人是徐振宏先生吗？"

"不，不是，杀我的不是那孩子。"

"那您为什么要攻击他呢？"

"因为他杀了我啊，是他杀了我。"

"您这是什么意思？崔明淑女士？您刚才不是说杀您的不是徐振宏先生吗？"

"嗯，对，杀我的不是他。"

"那您到底为什么还要攻击他啊？"

"因为是他杀了我啊！"

崔明淑的哀号至今还在夏萤的耳边回荡着。

那种说不出的压抑感就像绳子一样紧紧地勒着她的脖子。

崔明淑和申彩儿,同为徐振宏祭品的她们为什么会出现这样的反应?究竟是什么原因让人至今依旧毫无头绪?

一看到彩儿又出现了发作的症状,守在她周围的医生和护士们就赶紧围了上来。一片慌乱之中,几个护士用手向外推着夏萤,很明显,他们的态度表明她已经无法再继续和申彩儿谈下去了,她必须马上离开。虽然身边的医护人员已将彩儿控制住,但她的嘴里却不停地发出异样的呼喊。

"白夏萤!白夏萤……!"

快要走出病房的夏萤停下脚步回头望了望。两人见面之后,夏萤并没有告诉申彩儿自己姓甚名谁,可为什么她能准确地叫出自己的名字呢?彩儿正用她那干瘪的手指指着自己画画用的素描本。

"把那个拿走!是智珉要求的,她让我画画给你看。"

"智珉?"

是她在疗养院认识的病友吗?虽然夏萤想回去向她问清楚,但彩儿已经被医生们转移到静养室去了。

夏萤简单翻看了一下画册,里面并没有什么特别的内容,和刚才张医生给她看的画几乎一样。一个女人躺在中间,被几个男子包围着,上方则画着之前她见过的狒狒面具,但这个形象在她所有的绘画中都有出现。唯一不同于大部分作品的是出现在素描本最后的三张新画，明显可以看出画画人的笔法十分娴熟。

第一张画画的是一个安着铁护栏的病房，病房里，一个女孩儿躺在洒满阳光的病床上沉沉地睡着，枕边站着一个浑身发光的少年。第二张画里，两个男人相互撕打着，还有一群人站在旁边围观。其中的一个男子手里提着刀，威胁着他的对手，那刀呈弯月形，看上去很像尼泊尔廓尔喀雇佣兵①所使用的短刀。就在夏萤想要翻页的时候，她忽然发现在那群围观的人中站着一个小孩儿，和上一张画中的少年穿着一模一样的衣服，应该就是同一个人。那孩子正聚精会神地看着两个正在厮杀的男子，小口微张，看上去像是要说些什么。最后一张画的好像是一座公园。公园里，和家人一起出来郊游的人们开心地享受着假期。夏萤试着找了找出现在前两幅画里的那个少年，发现他站在画的角落里，抓着一位老奶奶的手走在公园的小径上，右手的手腕上系着一个黄色的气球，手里还拿着个蛋卷冰激凌。

---

①译者注：世界闻名的外籍雇佣兵团之一。以纪律严明和英勇善战闻名于世，而且对雇主非常忠诚。成员全部来自尼泊尔加德满都以西的廓尔喀村，他们特别喜欢佩带"戈戈里弯刀"，据说这种弯刀一经拔出就必须见血，这也成为廓尔喀雇佣兵的标志性装备。

　　夏萤从病房出来之后就马上向张医生打听"智珉"的事，但张医生告诉她疗养院里并没有一个叫"智珉"的患者，而且张医生还说他并没有事先告诉申彩儿她要来的事。

　　如果真是这样的话，她是怎么知道夏萤的名字的？

　　那么比较合理的解释就是那个"智珉"才是告诉她这些消息的人。

　　"说不定智珉也是个经常来探望申彩儿的人吧。"夏萤心想。但医院方面告诉她，六个月来，她是唯一一个来访者。

　　"不过也有可能是患者在自己的幻觉中创造出来的一个朋友。"

　　"幻觉中的人怎么可能知道我的名字？难不成是鬼……？"夏萤开玩笑似的说。

　　她把画册中的所有画儿全都用手机拍下来，然后把它们发给了国情院的李宗成博士，因为她想弄清这些画里所隐含的意义。从疗养院出来之后，夏萤便向首尔赶去。

　　车刚驶过高速公路服务区没多久，李博士的电话就来了。

　　"我觉得那些画中出现的狒狒形象可以被看作作者内心两种情感的象征，也就是说她的心里现在住着两个徐振宏，一个是曾经像亲哥哥一样待她的徐振宏，还有一个则是那个强暴她的徐振宏。作为她，肯定很难接受这样的事实，从而产生了一定程度的精神分裂。"

　　夏萤现在才有点儿理解刚才申彩儿为什么说和自己没什么好说的了。虽然她的人生毁在了徐振宏的手里，但她从徐振宏那里接受了大量经济上的帮助却是个不争的事实。所以当时相关部门来调查取证的时候，站在她的角度，她不得不尽可能地回避那些对徐振宏不利的陈述，因为一旦徐振宏有个三长两短，她们的生活便会顿时陷入绝境。

　　"但她从心底里应该还是希望徐振宏能被绳之以法的，所以她才通过这些画儿来给你一些暗示。"

　　"那么那个画中反复出现的男孩儿该怎么解释？"

　　"在仔细研究她与医生的谈话记录之前还不能妄下结论，但有一处值得特别关注的地方，那就是男孩儿身边出现的那个老奶奶。"

　　"为什么？有什么问题吗？"

　　"衣服……你不觉得画中的那个老奶奶所穿的衣服和崔明淑的衣服一模一样吗？不论是颜色、纹路，还是整体的轮廓，这难道仅仅是偶然？"

　　李博士的话让夏萤顿时感到毛骨悚然。挂了电话，夏萤又拿起彩儿交给她的素描本，一页一页地翻看着，手在不停地颤抖。正如李博士所说，画中男孩儿手里拉着的妇女果然穿着和崔明淑一模一样的装束。

不，这个妇女就是崔明淑。

"难道……那个智珉是……？"

夏萤看着看着，脑子里突然冒出一种猜测，虽然还没有确凿的证据，但她却对自己的猜测深信不疑。"如果复活这些被害之人的真是他，那么他怎么可能不复活自己的孩子？对于神出鬼没的RV来说进入在普通人看来难以接近的精神病院，也许并不是什么难事。与彩儿见面的就是那个孩子！"

汽车收音机里正在播报一则关于失踪女高中生的新闻。这个学生已经失踪超过六十天了，她为了见自己离家出走的朋友独自一人来到首尔，至今仍下落不明。几天前，警方在一家小旅馆里发现了三根手指，从屋内的行李推断这三根手指就属于这个女高中生，所以这起案件又被称为"手指失踪案"。

"我们家智恩离开家的时候上身穿一件淡紫色T恤衫，下半身着穿牛仔裤，头上别着一个树叶形状的发卡，请看到她的好心人一定……"

孩子父母焦急的声音一遍又一遍地从收音机里传出。虽然让人感到无比惋惜，但这起案子肯定已有了个不言而喻的结局，一个像那收音机里传出的声音一样让人悲痛欲绝的结局。

"肯定已经死了。"

听说那三根手指被发现的时候还有反应，也就是说手指是在人还活着的时候被切下来的。有人甚至以此作为证据为这个女高中生算了一卦，算卦的人说她还活着，可事情果真如此吗？在她活着的时候割下她的手指，这样一个灭绝人性的犯罪分子怎会饶她一命？

夏萤活到现在可以说还没遇到过什么让她不知所措的难题。不论是上学的时候，还是工作以后，甚至连办案的时候也是直截了当，顺风顺水。但自从接手这起案子之后，她身上的那股自信已经消失殆尽。

这起奇妙的案件始终让人毫无头绪，徘徊不前，甚至连该从哪个地方开始着手都不得而知。

天上扑簌簌地下起了小雪，气温骤降，冰冷的雪花一打在前挡风玻璃上便无声地融化了，夏萤打开雨刷器刷掉了玻璃上的雪水。

·

"姜牧师！姜牧师！"

这是一个风雪交加的夜，不知是谁在外面"咚咚咚"地使劲儿敲着窗户。还穿着睡衣的姜艺宗牧师从衣架上取下那件旧礼拜服披在身上向门口走去。

偶尔有几个附近街道的孩子会在半夜里来找他。这些孩子中有药物中毒的，有打架时被人捅伤的，有遭受性侵的，还有想要自杀的，总之他们会因为各种各样的理由伤痕累累地来叩响他家的大门。

"主啊，不论出什么事我都不会慌乱，我会理智地对待一切，并给这些孩子们以安慰。"

姜牧师做了个深呼吸之后打开了房门，然而，站在门外的并不是他料想中的那些无家可归的孩子们，而是崔明淑执事和她的儿子徐振宏。振宏的头上全是雪，看来已经在外面停留了很久了。

姜牧师显然对这次意外的拜访毫无心理准备，声音颤抖着说道：

"快……快进来吧。"

振宏和母亲一起走了进来。姜牧师赶紧回来打开了屋里的锅炉。他自己 个人在家的时候常常不开暖气，总是捂着厚厚的棉衣与寒气斗争，但有客人来访的时候就会有所不同。

振宏坐在散发着霉味儿的布沙发上，一阵长久的沉默。姜牧师沏了两杯柚子茶放在两人面前。

"你母亲的眼睛怎么了？受伤了？"

"她还是会攻击我，蒙上眼睛的话就没什么事儿了。"

"怎么还是这样？"

姜牧师担心地问道，两个人仓促的拜访让他已经猜到他们此行定是有求于自己。振宏"哗"地从怀里掏出一沓五万元的纸币放在桌子上，然后问姜牧师他们母子俩能不能在这儿叨扰几天。姜牧师已然有些慌乱了，不是被这一厚沓钱，而是被振宏的所作所为吓到了。

人并不一定要通过语言的方式才能表达自己的心绪。很明显，振宏不喜欢姜牧师。姜牧师被人诬陷之前，振宏也几乎从未来过教会。偶尔拗不过母亲勉强来一次也只是坐在教堂的最后一排低着头做自己的事，等祷文一念完便马上消失。可是现在，他竟然破天荒地跑来向自己求助，单从钱数上看就知道他应该是被警察盯上了。

可这个孩子为什么会来找我呢？

"因为谁都不会想到我会躲到姜牧师家来的。"

振宏解释道，从他脸上的表情可以看出他在思考着什么。与此同时，姜牧师也听出了振宏这句话的言外之意，那意思并非只是单纯的"牧师家"，而是"令人无比厌恶的牧师家"才对，对这样的敌意他已经习惯了。那件事发生之后，他每次和别人见面时都要和这些像路障一样围绕在自己周围的"荆棘丛"做斗争。

虽然姜牧师最终被判无罪，但那些离开的信徒们却从此一去不返了，他的名望也是一落千丈。直到现在，他上街传教的时候还依然会被路人从背后指指点点。

"那个人，就是那个人，性骚扰牧师，不伦牧师。"

姜牧师把桌上的钱又推了回去。

"这个没必要，你们想在这里待多久就待多久，我不会报警的。"

"姜牧师，我真的没有杀我母亲啊！"

振宏的眼里满是怒火，看来他是误解了姜牧师的意思。

"这是真的，杀我母亲的人真的不是我。凶手是个中国人，但是那个中国人死了之后母亲还是不愿意放过我，所以警察觉得我才是真正的幕后指使者……"

姜牧师当初蒙冤的时候也曾是这样，每见到一个人都要向他们倾诉自己的冤屈，控诉那个诬陷自己的女信徒的累累恶行，还说她是邪教异端，是神经病。然而，这也往往无济于事。他越解释，关于他的传闻就像滚雪球似的越滚越大，这给他造成的困扰和压力可想而知。

那个女信徒的丈夫生性多疑，总是怀疑他老婆对自己不忠，所以几乎每天晚上都要对她拳脚相加。最后女信徒实在是忍无可忍便屈打成招，向她的丈夫说了谎。没想到那女信徒的丈夫竟信以为真，一怒之下便起诉了姜牧师。姜牧师的律师来追问事情真相的时候，身患神经衰弱的女信徒竟然自杀了。于是那女信徒的丈夫一口咬定"我老婆是因为你才死的"，还鬼迷心窍地一直纠缠着姜牧师。

一起既没有物证，也没有人证的无中生有之案，竟被讹传成了有血有肉的事实，甚至还被添加了女子是因为遭受性骚扰才自杀的桥段，真是三人成虎，人言可畏啊！

就算不这么写，一些报纸也会将这件事概括为生活腐化牧师的丑行。

正因为新闻媒体上大篇不切实际的报道，姜牧师主管的教会开始四分五裂。法院最后以证据不充分为由宣布姜牧师无罪，但女信徒的丈夫对妻子死之前所说的话深信不疑，不断提出抗诉。即使高级法院之后做出了相同的判决，他也还是不愿就此罢手。

女信徒的丈夫觉得姜牧师是大教会的牧师，认识不少的社会名流和政商界人士，肯定是动用了关系上下疏通才使自己脱罪。社会上的很多人甚至持有和他一样的看法。愤愤不平的人们虽然完全不清楚事情的真相，但还是会发出"又一个既得利益者逃脱了法律的制裁"的嗟叹。

女信徒的丈夫经常会找到教会来，疯狂威胁着要杀了姜牧师。姜牧师已是千夫所指，众矢之的了。他的夫人因为无法忍受这样的生活嚷着要和他离婚，已经收拾所有的家当和孩子们一起搬到外地去住了。

转眼间，姜牧师就成了孤家寡人。谁都不相信他是清白的，所有人都把他当作应该遭雷劈的罪人来看待，这个可能至死都无法洗刷掉的骂名说不定将伴他一生。

"我真的是无辜的啊，我没有杀我的母亲。"

熊熊怒火正在振宏的眼珠里燃烧。

"行了，我知道了，你是清白的，正是因为如此，我才不能收你的钱啊。"

姜牧师宽慰他道。振宏是不是杀人犯对他来说并不重要，他关心的是振宏为保护母亲而整日担惊受怕，苦苦挣扎的现实，脑子里只想着究竟该如何帮助这对母子。

振宏盯着姜牧师的脸看了许久。眼前的姜牧师竟变得如此的苍老，寒酸，根本想不到他也曾身着高级西装，以豪车代步，站在数万人前讲经宣道。

当初第一次听说姜牧师骚扰女信徒的事时，振宏并不相信。那时的姜牧师不是在教会里，就是在讲台上，什么时候都是一副日理万机的样子。行动上还真把自己当作神圣的上帝的仆人，普通人一般很难和他说上话。也正是由于这个原因，振宏上大学之后便再也没去过教会，他讨厌那种"权力至上"的氛围。这些靠信徒们的捐赠才能过活的人竟也摆出一副趾高气扬、目中无人的态度，那种在教会内部就像皇帝一样凌驾于众人之上的嘴脸更是令他感到恶心。

现在，教会的二层正在施工，那里原来有许多商家，如今都搬出去了。唯一留下来的就是教会李善皓长老捐赠的礼拜堂。就是在这儿，姜牧师和几个没有抛弃自己的信徒一起为那些离家出走的青少年和失足妇女重新开展起了传教活动。

从姜牧师的表情可以看出他多少有一些为难。振宏情不自禁地向他提出了那个一直埋在心里的疑问：

"把我母亲送回来的……是主吗？"

这是一个自他与母亲重逢之后便一直想知道答案的问题。这也可以看作振宏放着那么多人不找，偏偏来找姜牧师的一个理由。虽然他已不比当年，但毕竟也曾是个被誉为上帝的仆人的人啊。

"那他为什么偏偏要把我母亲送回来呢？这个世界上的冤死之人何其之多。"

在姜牧师看来，振宏也许还不知道自己错过了太多的东西。

"还有，为什么我母亲一心想要我的命呢？这难道也是主的旨意吗？"

姜牧师放下了手中的杯子说道：

"世间万物都是按照主的旨意在运动啊，没有人可以违背主的旨意。事实上，人所做的每一件事都是在他的旨意之下完成的。没错儿，你的想法是对的，将你母亲送回来的正是万能的主啊。

"至于问为什么要送你母亲回来，我想可能还是因为你吧。因为主特别地爱你，所以他想给你以启示。而你又问你母亲为什么要杀你？听完你的话，我反而对你现在依然还活着的事情感到意外。你说那个中国人只见了你母亲一面就死了？而且还是在周围全都是警察的情况下，可你却活到了现在。将你置于危机之中的是主，但一直在暗中拯救你的也是主啊！不是有那么一句话叫'存在的就是合理的'，是有些事情你还没有参透……"

就在两个人交谈的时候，崔明淑安静地靠在沙发垫上睡着了。振宏将这些日子来发生的所有事情都一五一十地告诉了姜牧师，从追捕真凶的过程到母亲在自己眼前杀了凶手的样子。振宏的语气中充满了怨恨，怒气也渐渐在他的脸上聚集起来，连姜牧师也为他所讲述的事情而感到震惊。

"您刚才说是因为他特别爱我，所以想给我以启示？您觉得这合理吗？那他七年前为什么还要让我母亲惨死街头？姜牧师您也是知道的，我母亲可是一个对他无比虔诚的人啊！

"您可能会问我母亲能重返人世难道不是一件好事吗？但这其中有喜悦也有痛苦。复活之后的母亲成了一件用来杀人的

武器，她杀死那个中国人的场面至今仍历历在目，那眼神与她
想要杀我时的眼神一模一样。

"主啊，您怎么可以这么残忍？我母亲被杀的时候您不知
道在哪儿，为什么现在才突然现身将她复活，像玩玩具似的折
磨我啊？"

姜牧师被吓了一跳，本质上讲，振宏心中的疑问与那个也
同样困扰着他的问题是一样的。遭受诬陷被逐出教会以后，他
没有一天不在流着泪水向主发问，他也想知道为什么。倒不如
像其他那些腐败的牧师一样犯罪之后被逐出教会，反而不会让
人觉得冤屈。然而他为了堂堂正正地活着，一直在苦苦挣扎，
没想到竟遇到了这种让人无法承受的事情，这让他的心中同样
充满了怨恨。他一遍又一遍地反省着，觉得自己可能是做错了
什么事激怒了上帝。但却怎么也想不到自己究竟做过什么才会
招致这样的祸患。

"傲慢？难道是因为我的傲慢？

"因为我把信徒当作自己的东西并且利用了他们？

"即使有罪，那个有罪的人也不应该是我，而是那个怀疑
自己妻子并殴打和虐待她的男人。然而那个人不仅不接受是自
己把发妻逼上绝路的事实，反而将罪名推给了一个无辜的牧师。

"主啊，难道您不打算审判那个男人吗？您为什么如此的

沉默，只是站在一旁冷冷地看着这不公的现象在您面前发生？"

他想做一个叛徒。

对于自己作为牧师奉献出的这段宝贵的青春，他后悔万分。

他谁都无法原谅。

离他而去的妻子、孩子们、信徒们、那个自杀了的女人还有她那个疯了的丈夫。当然他最无法原谅的还是那个在天上注视着一切的上帝。

刚开始，他以为是自己亵渎了神灵，所以就想待在这曾经为上帝服务过的地方的周围，整日接触各种各样堕落的人，让自己也变成一个堕落的灵魂，在这世界自生自灭。他只想让人们看到一个堕落的神之使者，好让他们都去嘲笑神。他甚至想对着天去怨恨那个将他逼得走投无路的主人。

可看看那些游荡在街头的人就会知道，这个世界上受委屈的人并不只有白己。那些对父亲的打骂忍无可忍离家出走的孩子们，那些为了支撑自己贫穷的家庭不幸深陷泥淖的妓女们，那些因为无人理解自己的孤独而乱交，染上病后将自己人生毁掉了的年轻的灵魂们，那些从未感受过一次温暖的悲苦的人们等等数不胜数。

这些人甚至没有想过要为自己的人生贴上"有罪"还是"无罪"的标签，他们只能任凭自己沉沦在那无尽的痛苦之中。即使他们知道他是个有过性骚扰前科的牧师，也不会向其他人那样对他施以口诛笔伐。振宏嘴里叼着烟，笑呵呵地问道：

"那还不好？"

对于那些人来说姜牧师的罪过一点儿都不重要，他们只是需要一个能耐心地听自己倾诉的人。

孩子和老人们，还有精疲力竭的站街女，都会在某一个夜晚不期而至，对着姜牧师倾诉衷肠。他们哭哭啼啼地挤出自己想说的话后又会悄无声息地离去。他们也想摆脱这样的人生，但他们一无所有，甚至看起来毫无希望。这辈子只顾着替上帝传达旨意的姜牧师闭上了那张犀利的嘴，他选择了倾听。因为后来他终于明白，教会举行大型集会时比起站在高台之上的宣讲，台下全神贯注的倾听往往更具有生命力。

"我也想放弃上帝，可我做不到。"

"为什么？"

"只要你在这儿就会发生各种各样的事。两三岁的孩子因为误食了胶水而神志不清该怎么办？那些因为孤独想要在小旅馆里自杀的人该怎么办？那些因为一点小事便互相大打出手，以至于用刀伤人之后被眼前的景象吓坏而不得不来向我求助的人该怎么办？不想祈祷，却又不得不为之祈祷的事实在太多……"

振宏的脸色变得有些难看，因为这些并不是他想要听到的答案。但姜牧师却一直在一旁说个不停。

"有一天，我突然明白了，我明白了其实主并没有抛弃我，主不过是……想让我一直坚守在这里，他想把我用在不同的地方，所以他允许了那件事的发生。这么想了之后，我终于有了一种如释重负的感觉，心中也腾出了可以原谅他们的空间。不仅是那个陷害我的女人，还有她的丈夫，还有那些抛下我的人，我原谅了他们。"

"原谅？"

振宏大声反问道，恨不得伸手去抓姜牧师的衣领。

"您现在的意思是要劝我原谅那个杀了我母亲的凶手吗？这不可能，我可不是像你们一样的神职人员，既没有原谅的必要，也没有原谅的义务！"

"我也知道这很难接受，即使作为一个牧师，我同样为得出这样的结论而感到痛苦。既要背负杀母的污名，又要面对时刻想要杀死自己的母亲，也可能这两件事都是主的精心安排吧。但我觉得真正在背后驱使着你母亲的也许正是你的复仇之心和杀气。

"凶手已经死了，你母亲也回到了你身边，可你看起来却一点儿都不幸福，从你身上只能看到一种莫大的痛苦。"

振宏听完这话牙关紧闭。姜牧师所言都是事实，如今的自己确实比以往任何时候都活得难受。他感觉自己就像一个迷路的孩子，对周遭的一切都感到陌生。

姜牧师自己也在反省自己说这些话是不是有些多此一举，对牛弹琴了。他虽然是名神职人员，但同时也是个普通人，因而他也不可能完全领会上帝的真意。可他还有最后一句话想要和振宏说。

"被所有人抛弃之后，我明白了一件事——宽恕，并不是为了别人，而是为了自己。我觉得如果你能早一点儿到这儿来的话，也许就不是今天这个局面了。我指的是这些事发生之前的时候，那时的你心中没有一点儿怨恨。现在既然凶手已死，那么就算是为你自己着想，你也应放下心中的怨恨，宽恕乃是你唯一的出路啊。"

人要是想活出个人样儿来，最需要的应该是无知和无邪吧。人之所以堕落是因为被伊甸园里的毒苹果诱惑，人类也从此懂得了如何区分善恶。单纯地想一想，这难道不应该被认为是上帝赐予人类的礼物吗？就像伊甸园里那个让人类走向堕落，同时也让人类开始区分善恶的小小的苹果一样，单纯难道不是上帝送给人类最好的礼物吗？人不该知道自己本不该知道的事，人的灵魂往往会因为内在的罪恶性、魔性和兽性而瞬间变质。

"您想让我消除我心中所有的恨？那可能吗？"

振宏又陷入了沉默，他紧闭着双唇，凝视着窗外的夜色。

窗外一片漆黑，仿佛连天空中飘着的雪都是黑色的。

从那片漆黑中，振宏看到了一个女人的脸，还想起了这个在国情院相识的女人冰冷的声音。

"你说你是清白的？那申彩儿小姐也会这么想吗？"

屋外，雪越下越大，屋里，则被那催人坦白的沉默笼罩着。而眼前的这个牧师则摆出一副自己也是罪人的样子。

他突然想将自己至今为止从未向任何人吐露过的罪行一吐为快。母亲像个孩子一样在一旁安心地睡着。他有一种强烈的预感，如果他现在不说也许以后就再也没有机会向别人说起那件事了。他连搓了几次手，他的掌心里已沾满了汗水。

"姜牧师……"

低垂着头仿佛是在祈祷的姜牧师重新将头抬了起来。

.

"女人都喜欢那种类型的男人吧？"

敬采一边嚼着刚从附近西点店买回来的椒盐饼干一边说。

"因为他有钱，长得帅，还有点野性美，对吧？"

夏萤看了看眼前这个嘴唇上沾满了黑芝麻，嘴里还振振有词的男人，眉头微微一皱。"他问这个问题干什么？难道是因为他想安慰一下这个钱不多、相貌平平，还有着异于常人的精神世界的不幸的自己？要不然就是想确认一下他自己是不是真的那么不济？"敬采完全没注意到手握方向盘的夏萤心里在想些什么，还是自顾自地嘟囔着。

"估计你不知道，能那样活着的可都是男人中的传奇啊，传奇。"

一辆豪华进口车正像一匹黑色的骏马一样优雅地在他们前面疾驰。

车里坐着的正是夏萤和敬采正在跟踪的人——Antique Korea 的法人代表李民旭，因为他们确信徐振宏就是在他的帮助下才得以逃脱的。不久之前还只是公司法人代表之一的他自从收购了徐振宏所持有的股份之后便成了公司的最大股东。这个出身财阀世家，但后来被逐出家门的男人如今已是年销售额逾 600 亿韩元的大公司的老板了。

虽然才跟了他一天，敬采就已经完全被民旭的生活方式迷住了。

这是一个既会赚钱，又会花钱的男人。身穿昂贵精致的西服，手戴价值数千万的手表，出入以豪车代步，虽有自己的事业却也能活得悠闲自在。他平时只负责做一些重要的决定，所以一有时间便给自己放假，然后开着车在城市中穿梭。看着这个可以自由进出美女如云的夜总会的男人，敬采眼神里只剩下了羡慕。

夏萤不屑地咂了咂嘴。

"我觉得人生的价值不在于拥有了什么，而在于想追求什么，这是我的人生信条。"

"那在你看来男人都是垃圾咯。"

看着众多美女在自己眼前进进出出，敬采激动得口水直流。

"那个女人和某个女艺人有点像呢"，"那个美女和某个人简直就像是一个模子里刻出来的"，敬采不时地自言自语着，然后用安慰的口吻对夏萤说：

"哦，对不起啦，我是不是有点没眼色啊？没关系，你很单纯嘛，你和那些女人的精神价值完全不一样。不过说实话，从别的方面来看，你这身材上的价值确实是有待提高。所以也算是扯平了吧？"

今晚，她比以往任何时候都更清楚地感受到了藏在裙子下面的手枪的重量。

"你再敢说一句我就告你性骚扰！"

敬采一看夏萤有些生气，便赶紧转换了话题。

"对了，听说你已经和那起强奸案的几个嫌疑人见过面了？都痛痛快快地招了吧？"

看得出来，对于几天前夏萤到地方上去与受害人申彩儿的会面成果，敬采心里满怀期待。夏萤从塑料袋里拿出最后一个奶油面包，咯吱咯吱地大口嚼了起来。

"别这样嘛，快说说到底怎么样了。"

"他们的供述都不一样。有三个人说是徐振宏带的头，而另外两个则说他一直靠在墙边看着，并没有参与。"

"一直看着……？那剩下的那个人呢？"

"剩下那个家伙的话就更离谱了……"

夏萤冷笑着，怎么想都觉着荒唐。

"他说什么了……？"

"他说当时现场有两个徐振宏……"

收音机里，主持人正就即将到来的圣诞节该怎么过的话题聊得热火朝天。有着好听的重低音嗓音的 DJ 一边适时地附和着打进电话来的热心观众，一边向他们送出毫无意义的安慰。

"他说有两个一模一样的徐振宏，一个靠在墙边，另一个则在一旁和他们一起施暴。"

"这帮家伙不是嗑药了吧？"

"如果是那样的话，他们的幻觉都应该各不相同才对，怎么可能三个人看到的是这个，两个人看到的是那个？我一开始也怀疑是这样，便问了问他们，但他们都说自己从未吸食过毒品。"

"他们可能是在说谎啊。"

"既然他们都坦白了自己参与强奸的事实，又何必再隐瞒别的事儿呢？反正诉讼时效都过去很久了。而且事发之后，警察秘密收集了这六个人的毛发并一一做了检测，结果全都是阴性。如果当时有人真的在别人的诱惑之下吸食了毒品，那么肯定至少得有一个人的检测结果呈阳性吧？"

还有一件事一直萦绕在夏萤的心头。没有哪种犯罪有着和性犯罪一样高的再犯罪率。当时参与申彩儿强奸案的七个人中，后来没有一个人再做过案。之后只有一个人曾因为在公司性骚扰而被追究了责任，但也只是说了些涉嫌性暴力的话，将之视为性骚扰难免有些牵强，只能算是一个影响轻微的个案。

"所以呢？"

"嗯？"

"所以你得出的结论是什么啊？对于这种棘手的案子，你可是只要听个简单的案情概要就能马上得出结论的特级探员。我说这话你可别生气，大家对你的评价就是这样的嘛。你已经有答案了，难道不是吗？"

夏萤呆呆地看了看旁边的敬采。

搭档的脸上写满了失落与惆怅。

曾经那个自信满满、盛气凌人的人，如今竟也带着这样的表情，不禁让人为他感到难过。

敬采转而说起了他中午刚刚收到的一条消息，说那个镶嵌在终端机零件内部的内存卡里的信息已经被破译出来了。技术组的工程师金其昌先做了一个可以突破 CIA 复杂安保体系的程序，才将里面的信息提取了出来。

"然后呢？有什么发现吗？"

夏萤听到这个消息面露喜色，因为只要能接触到 CIA 所掌握的情报，那么获取和 RVP 相关的核心情报便成为了可能。敬采看透了夏萤的心思，他收起印着西点店商标的塑料袋，不好意思地笑了笑。

"没错儿。"

内存卡里有关于朴钟浩博士的儿子——智珉的相关记录，里面还有从智珉出生之前的超声波图到被诱拐前一天照的大量照片。百天照、周岁照、第一次走路时的录像、上幼儿园办酒席时头戴金箔王冠表演时的样子、和小朋友们一齐外出春游时照的照片、在动物园看狮子时的笑脸等，可以说这些照片几乎涵盖了这个孩子的一生。但内存卡里除此之外再没有发现别的内容，包括和朴钟浩博士有关的任何资料。

"应该是被删掉了，要不然就是在提取数据的过程中损坏了。难道就没有还原这些数据的方法吗？"

夏萤有些不太相信地问道。

"不是，他说不是因为你说的那些，而是因为那个内存卡里除了智珉的资料之外什么都没有。终端机里既没有该有的各CIA 探员的简历，也没有他们的日程管理程序，只有智珉的照片和视频资料。"

"怎么可能？这可不是我们平常用的摄像机，是 CIA 用过的记录装置啊！"

"里面倒是有一个文本文件，上面是这么写的。"

[我亲爱的儿子，缅怀朴智珉，完成 SSS。]

这句子就像画家在自己的作品上随意写下的说明一样简短。

听完敬采的话，夏萤难掩自己内心的失落，感觉敬采弄到的压根儿就不是真正的 CIA 终端机零件一样。那个相对容易被突破的安保体系也让她怀疑，里面所存储的内容更是让她无法接受。持有那个终端机的 CIA 探员难道是将自己找到的包含朴钟浩博士私人文件的内存卡插在了终端机里？然后正好让敬采捡了回来？她原本以为这将成为一个决定性的线索，但最终得出的结果让她成了泄了气的皮球。

时间一分一秒地过去了。两个人在外面潜伏了两个小时之后，他们看到跟踪目标和一群人一起从夜总会里走了出来。和周围几个跟跟跄跄的人不同，民旭的脸上毫无醉意。民旭开的是一辆最新款的宾利敞篷跑车，让他俩没想到的是民旭并没有找代驾，而是将车停在原地就和其他人分别了。

"难道他发现车上装的窃听器和GPS追踪器了？"

也不是不可能。夏萤坐在车内焦急万分，连敬采的眼神也变了。敬采小心翼翼地从车上下来偷偷地尾随在民旭的身后。

民旭来到主干道上打了一辆出租车。敬采也马上拦下一辆出租车跟在他那辆车之后。夏萤则可以通过手持式GPS随时了解搭档所在的位置，她也开着车紧随其后。

民旭在首尔郊外的一片树林外下了车。繁星璀璨的夜空下，可以清楚地看到秋收之后那一片片光秃秃的稻田。民旭匆匆结了车钱便向一座小山上走去。

夏萤在稍远的地方下了车，向敬采这边走来。两个人都蹑手蹑脚地跟在民旭的后面。冬日的山无比的岑寂，即使脚步轻盈，声音也会被放大好几倍。两个人和民旭保持着一定的距离，只顺着他上山的方向慢慢尾随其后。鼻子可以嗅到脚下枯草的气息。

民旭走进了一栋位于半山腰上的二层小楼，那房子周围全是树，站在远处看几乎很难发现，没有比这儿更好的藏身之处了。

两人不约而同地从怀里掏出了枪，绕着房子走了一圈，仔细观察了一下周围的情况。房子外面停着一辆SUV，经过查询牌照信息之后发现这是一辆套牌车。

经过观察，敬采发现房子的玄关外安装着一台摄像头，房子周围也都是如此。因为没有玻璃窗，即使用望远镜也看不到屋内的情况，如此之戒备可谓严密而又高效。

说不定那天从 CIA 那儿抢走崔明淑的几个彪形大汉此时也在屋里。敬采数了数地上留下的脚印，可能因为这一片是背阴处，所以两天前下的雪至今还没有化。

通过脚印可以判断出男性只有一个人。虽然脚印的分布很散乱，但却只有一条路线，纹路和大小看上去也属于同一个人，所以基本上可以断定这些脚印就是刚才才进屋的民旭留下的。

而剩下的女性脚印则应该属于两个人。脚印的前半部分像三角形一样宽大，后半部分则留有一个小坑，由此看来两个人应该都穿着高跟鞋，但尺寸却不相同，因而很容易就可以分辨出这些脚印分属于不同的两个人。虽然通过脚印可以看出李民旭有多次进出这里的迹象，但两个女人看样子自进去之后便从未踏出过屋门半步。

"其中一个是崔明淑的，那另外一个难道是徐振宏故意踩着高跟鞋进去留下的？"

敬采首先翻过了院墙。他专挑那些没有摄像头的地方和影子特别深的地方走，不一会儿便顺利来到了房子跟前，然后从怀里掏出一个集音器来贴在墙壁上。

这个国情院给各探员专门配备的高性能集音器能大幅度扩大室内发出的声音，从而可以推测出所监听的屋子里正在发生的事。敬采戴上耳机并调高了音量，他不停地将贴在墙上的集音器移来移去，却怎么也听不到有徐振宏和崔明淑的声音传来，传进耳朵里的只有阵阵的呻吟。

那是女人沉浸在快乐中时的呻吟声。

"啊啊……"

不对，有什么地方不太对劲。

敬采再次掏出了怀里的手枪，他准备溜进屋里了。就在他刚要动身的那一刹那，院墙外面突然传来了夏萤轻声的呼叫。

"前……前辈。"

"夏萤难道被偷袭了？"敬采心头一紧，赶紧跑回去翻上墙查看了下外面的情况，但怎么找也找不到自己料想中的彪形大汉。

映着银白色月光的树丛里，一个孩子正紧紧地抓着夏萤的衣角。那孩子看上去有七八岁，皮肤苍白，寒气逼人。敬采差一点就被眼前的这一幕吓了个倒栽葱。

那孩子，不就是自己当初追捕李青城时在人群中看到的身着夏装的少年吗？那个大叫之后便突然销声匿迹的孩子现在竟然就站在自己的眼前。

"别……别害怕。"

那声音似曾相识，慢吞吞的像 RV 崔明淑说话时一样。少年一步一步地向敬采靠了过来。

"现……在，这个屋子里……正在发生可怕的事情，特别……可怕的……事情。"

一看到那孩子的眼睛，敬采心头便涌上了和上次见到他时一样的爱怜之心，但又有一种无法平复的辛酸。敬采虽然平时不靠谱的形象已经深入人心，但这次心中所喷薄出的那股强烈的爱连自己都觉得难以置信，就仿佛像是那无条件付出的父爱一样一直往上涌。那血脉喷张的感觉就像是别人将身体里的感情直接输给了自己一样。

那孩子从怀里掏出一张小纸条交给了敬采。他打开打火机一照，发现上面写着一个时间和一个地址。

"明天……请把李民旭……带来，你们还能见到……崔明淑和徐振宏……但……"

少年警告道。

"但只能你们两个人来。"

"只有我们俩？"

"对……只有那样……才能见到……我爸爸。"

"爸爸？"

少年的身体开始发出白色的光，光线变得越来越刺眼，那仿佛来自另一个世界的光芒最后形成了一个巨大的光柱，将周围的一切照得通亮。过于刺眼的光线让两个人不得不用手将眼睛遮了起来。周围的一切好像都被这光柱碾碎后又溅射了出来似的，仿佛就是佛教里常说的"涅槃境界"。两个人都被眼前的景象吓得浑身直哆嗦，两腿发软。

光芒消失之后，少年也从他们眼前消失得无影无踪了。等他们重新看清楚眼前的情况时，时间已经过去了很久。等视力恢复之后，敬采发现夏萤还纠结在刚才的恐慌当中，刚才还威风凛凛的她此时竟像丢了魂似的凝固在了原地，那种不安的表情宛如一个即将病发的癫痫病患者。

过了许久，夏萤才慢慢张开了嘴。

"前辈……你看到了吧？那个孩子……就是智珉。"

"谁？"

夏萤从怀里掏出一个平板电脑，将里面的文件和照片给敬采看了看。平板电脑屏幕发出的光在黑暗中淡淡地四散开来。

"你没看出来吗？他是朴钟浩博士的儿子呀，朴智珉。他和这些照片上的人长得一模一样。"

朴智珉，屏幕上终于出现了他的照片，但照片中的他已经死了。照片中，可以看到他被放在冰冷的解剖台上，很明显这是对他进行尸检之前拍下的照片。解剖台上的尸体和刚才消失的那个孩子的相貌完全相同，甚至连衣服都别无二致。

敬采此时才反应过来，原来那个少年和朴钟浩博士的儿子是同一个人，但他和照片里那个天真烂漫、朝气蓬勃的孩子相比简直有着天壤之别。

敬采呆呆地盯着自己手里攥着的纸条。

这是朴钟浩博士给他带的话，现在终于有机会和藏匿许久的朴钟浩博士见面了。

此时天已过午夜时分，纸上写的见面时间就在今天。一股凛冽的寒风从敬采身上扫过，智珉刚才对自己说的话又一次在耳边回响起来。

"现……在，这个屋里……正在发生可怕的事情，特别……可怕的……事情。"

远处仿佛传来了狼群的嘶吼声，那是从远古时代起就化作人形隐藏在人群中间的禽兽的嚎叫。眼前的这栋小楼说不定就是这些野兽的藏身之所。

敬采慢慢地抚摸着藏在怀里的枪，那枪仿佛也化身成了一个拥有脉搏的生命体，此时正在他的怀里上蹿下跳，怒不可遏。

第八章　逃走

黎明的大海泛着淡淡的墨绿色，一层厚厚的白云笼罩在群山市的天空中。

因为自己那虚无缥缈的未来和难以名状的恐惧，躲在姜牧师家的三天里，振宏始终没怎么睡好觉。不过拜此所赐，他也消瘦到了别人认不出的地步。

他没曾想到自己会这样背叛自己的祖国。

含冤背负着杀人犯罪名的他和自己精神不健全的母亲就这样踏上了逃亡之路，不知何时才能再次踏上这片国土。

今天，是韩国人徐振宏死去的日子。现在，他要以中国人刘晓川的身份开启自己崭新的人生。

在这片土地上经历的所有事情他都会铭记在心，并永远地怀念下去。振宏瞥了一眼姜牧师提来的方形背包，里面装着他给自己买的辣椒酱和大酱。不过都是些在中国一样能用钱买到的东西，但姜牧师却坚持要让振宏带上，说什么外面买的和家里自己做的大不一样云云。

凌晨那凛冽的海风像是要撕破人的脸皮似的穿身而过。振宏的心里现在多少轻松了一些。关于这些事，他从没有向任何一个人如此开诚布公地吐露过。姜牧师一直都在耐心地倾听着他的倾诉，一夜未眠。

"即使现在想起来当时的那件事，我依然会感到难受。只顾着和学长们一起尽情畅饮，没承想竟都因此而失去了理智……"

对于自己当时的样子，振宏至今还记忆犹新。

"是我蹂躏了那个女孩儿。学长和同学们看到我的举动之后便都嬉笑着一起加入了进来。说实话，那天的事儿现在想起来就像梦一样虚幻，虽然这听上去像是在为自己辩解。可它又仿佛历历在目，让人怎么都想不通当时为什么就发生了那种事……我始终都无法忘记我当时的样子，竟然还戴着面具淫笑着，宛然就是一个禽兽。"

振宏的影子倒映在泛着波浪的海面上。看着水中的自己，他又一次感到惶恐不安。和过去一样，他依然还会偶尔觉得眼前的自己竟是如此的陌生。

振宏将自己的一些财产托付给了已经知道了自己所有故事的姜牧师，拜托他在自己逃往中国之后用这笔钱继续照顾申彩儿的生活。

"该出发了。"

看样子是船来了。前来接振宏和明淑的是民旭介绍来的一个保镖——道石。他像艄公一样穿着灰色的防水外套，寡言少语，看上去很有存在感。脸上一道长长的一直延伸到脖子的刀疤让人不禁觉得他不是人，更像是一只猎豹一样的野兽。

他们打算偷渡。他们计划乘船抵达韩国专属经济区的边界线之后，再换乘一艘等在那里的中国渔船，这艘中国渔船的主人正是刘晓川。搭乘这艘渔船抵达山东石岛港之后，他将在那里与自己名义上的妻子韩晶见面，一同在青岛乘高铁前往自己提前在济南置办好的新家。

这可谓是一次漫长的旅行。

振宏扶着自己被蒙着双眼的母亲和道石一起上了船。周围到处都是色彩斑驳的小型渔船。他们一上到甲板上才真正感受到了大海的激荡，就像自己那无助而又跌宕起伏的身世。

所谓的船长不过就是个见钱眼开的家伙罢了。虽然鱼舱里现在空空如也，但为了不让别人怀疑，他打算一会儿等交接完毕之后捞一船鱿鱼再回去。

"最近大气状况不太稳定，海上常常会起水龙卷。"

船长一边启动船一边说。

"水龙卷？"

"就是在海上生成的龙卷风。水柱直插云霄，壮观着哩，就像是飞龙升天的样子。今天要是运气好的话说不定还能看到。"

嗡……

对振宏来说这才是他最需要的东西。

振宏命令船长让他比其他的船早一点出发。听说要花整整半天时间才能到达之前定好的接头的位置。照这个速度，等天快亮的时候差不多就能驶进中国的领海了。

驾驶舱的后部有个可以暂容栖身的小船舱。

昨夜就没能睡个好觉的振宏现在已是哈欠连天，于是在小船舱里铺开床独自睡去了。虽然道石和明淑不晕船，但振宏却不行。小时候只要坐在高速大巴的后排，自己的胃里肯定会翻江倒海。他吃了点儿晕船药，可还是对自己的身体没有信心，所以觉得还是直接睡觉的好，于是躺在小床上闭上了眼睛。他外套右边的口袋里藏着一把手枪。

振宏唯一能感觉到的就是那凉飕飕的海风。

"振宏……"

"……振宏啊……"

"振宏……"

就在振宏正在缥缈而漆黑的梦中来回徘徊的时候，一个熟悉的声音将他唤醒了。睁眼一看，母亲就坐在他的眼前。

不知何时，黑夜已经过去，晨曦织成了一张金色的大网撒在了渔船的周围，又好像是船被笼罩在了耀眼的阳光里。

好久都没有看到母亲脸上的全貌了。虽然皮肤已丧失了弹性，脸颊上也是褐斑点点，但她的眼神里却充满了慈爱。她就那样安详地注视着自己的儿子……

然而，随之而来的战栗让他的心脏差点儿就停止了跳动。

明淑蒙在眼睛上的眼罩不见了！她正用双眼直勾勾地盯着自己。振宏吓了一跳赶忙翻起身来。母亲要转化为 RV 模式还需要一定的时间，和振宏对视之后最少也得几分钟之后才会发作。

振宏迅速跳出船舱奔向了道石。他正握着鱼竿坐在甲板上，嘴里叼着根烟，手上轻轻地抓着一块白布。那块白布正是蒙在明淑眼睛上用来防止她发作的眼罩，现在去告诉他这个消息也许还来得及。

但道石突然用命令的口吻说：

"回去站好！"

"什么？"

回答振宏这一问的是此时已经冲向他的黑洞洞的枪口，那正是振宏睡觉之前放在自己外套里的那把手枪。他回想了一下，发现醒来时自己的外套确实不见了。他的头还有些隐隐作痛，而劝自己吃晕船药的人正是道石，看来晕船药里被他放了安眠药。

"振宏啊。"

听到身后传来的母亲的呼唤，振宏打了个寒噤。他此时连回头看的勇气都没有了。

"你完了。"

道石说了一句。

"我完了？"

"哼哼，你这老兄还真是天真，中国那边不会有船来了。刘小川的假身份，你的公寓，还有你的车现在都没了，你已经乖乖地落入了别人的圈套。你逃亡需要的所有资金现在都在那个人手里。连你马上也要被你母亲杀死，然后葬身在这茫茫大海之中咯。"

振宏完全不明白对面的那个人在说什么。

将道石介绍给他的人，还有为了让振宏逃走而暗中帮助他的人，正是他一直以来最信赖的朋友——民旭。

道石用手摸着自己脸上的刀疤接着说：

"我出来混了这么久头一回接到这么奇怪的活儿。那个人说了，这个活儿非常简单，只要将你母亲戴着的眼罩拿掉，她就会自动处理你的。杀了你之后她就会消失，所以让我不用担心。但，如果不消失的话怎么办？那就用手把她推到海里咯。我还

听说你母亲不会对除了你之外的任何人动手，没想到所谓的 RV
竟然是真的。"

现在，从道石嘴里冒出来的全都是振宏之前告诉民旭的话。

振宏就呆呆地站在那里听着道石的话，对眼前的事态无计
可施。

难道民旭真的背叛了自己？那个人是在说谎吗？他一边看
着枪口，一边任凭各种各样的杂念在自己的脑海中穿过，突然，
他仿佛有所顿悟。

"那么是他……"

从道石嘴里冒出的白色烟气缓缓消散在了空中，他像是要
向振宏提前揭秘推理小说的结尾一样咯咯地笑了。

"回答正确！"

振宏想了想，原来，能够从母亲身故赔偿金中受益的人不
只有自己，作为公司共同法人代表的民旭同样也可以从中获益。
但他一直认为民旭出身富足的财阀家族，绝不会把那一两亿的
"小钱"放在眼里。但是再仔细一想，当时他的父母已经和他
断绝了关系，所以他几乎无法再从家人那里获得任何的支持，
已是外强中干，徒有其表。

如果民旭真是幕后真凶的话，那么他毫不犹豫地挺身而出，
积极帮自己逃走的行为也就完全可以理解了。因为这样，他就

可以尽量远离有可能在日后伤害自己的明淑，不对，应该叫"处理"。振宏冷笑了一声。

全完了。

接自己的船不会来了。

他现在既无法逃往中国，国外的 CIA、国内的国情院也还都在疯狂地追捕着他。面前是道石的枪口，背后则是随时都可能取了自己性命的母亲。

"振宏啊……"

母亲用温柔的嗓音轻轻呼唤着他，那海妖塞壬①般甜美的声音仿佛要融化所有的创伤和痛苦。

如今，傻子都知道真凶是谁了。

振宏还心怀一丝希望地朝驾驶舱里正在驾船的船长看了看，没想到这个满口黄牙的家伙竟然正津津有味地欣赏着自己眼前的这场"好戏"。这时，道石干脆地朝空中开了一枪。

啪！

停在甲板上的海鸥被这一声巨响吓得一齐飞走了。道石又一次将枪口指向了振宏，那在阳光照射下闪闪发光的枪管像刀刃一样威胁着他。

_____

①译者注：古希腊神话中的女妖，人面鸟身，飞翔在大海上，拥有天籁般的歌喉。

"我最讨厌的就是拖延时间，我现在给你两条路你自己赶紧选吧。要么痛痛快快地死在我的枪下，要么就等你母亲来亲手了结了你。我要是你，我就选后者。"

"振宏啊……"

可以感觉到母亲的声音已近在咫尺，仿佛就在自己的脖子后面。

振宏慢慢地转过身，他很清楚母亲即使现在杀了自己也不会就此消失，因为真凶还依旧逍遥法外。如果那样的话，杀了自己的儿子后她将不得不独自在船上面对道石，那到时候肯定是必死无疑了。

没能完成复仇的 RV 该怎么办呢？

难道会重新复活再回到这个世界吗？

但那个时候能够保护她的儿子已经不在她身边了。振宏的嘴唇干透了。

"妈……你快清醒清醒！杀你的人真的不是我，是李民旭啊！他和我一起做生意，没想到竟然为了钱做出这样的事情。我那天要从您那儿拿钱的事他也是知道的，所以他一直在那儿守着。"

听儿子说到这些，明淑站在了原地。

那究竟是母亲转化为 RV 模式之前的静默，还是母亲被自己的一番话说服了，现在不得而知。振宏竭尽全力尝试着想要说服母亲。

母亲又一步一步地向自己走来。振宏闭上了眼，感受到了母亲已触及自己脖子的温暖的指尖。这正是自己儿时在利川和母亲一起睡觉时所熟悉的那安详而又柔软的手指。

"难道是起作用了？"

振宏悄悄睁开了眼，刚才还抚摸着自己的母亲正直勾勾地盯着他的脸。

空洞无神的眼睛。

振宏向后退了几步，但为时已晚，明淑的两只手已经抓向了振宏的脖子。

霎时间，振宏眼前一片漆黑，让人无法相信这强大的臂力来自一个女人。振宏扭动着身体，拼尽全力想要摆脱明淑。

道石坐在危在旦夕的振宏身后继续悠闲地钓着鱼，船长也在一旁袖手旁观。明淑死死地掐着自己儿子的脖子，表情冷漠，就像在完成自己分内之事的公司职员一样机械地做着动作。

船上死一般的沉寂，没有一丝的风。随着波涛一起起伏的船里，只有振宏一个人无比激动。可他的痛苦却在减缓，因为生命正在从他的体内慢慢溜走。

振宏隐约间听到了死亡之翼的声音。从西边的天空中飞来两只黑色蜜蜂一样的黑影，随着两团黑影的靠近，风也变得越来越大。船的周围波涛汹涌，连船身也开始随着浪花不停地上下起伏。

道石"噌"的一下从椅子上跳了起来，但马上又摔倒在地，甲板上已留下了从他体内流出的鲜红的血液。

"黑色蜜蜂"原来是两架直升飞机，不一会儿便飞到了渔船上方。

直升飞机上抛下来了四根绳子，几名外国特工顺着绳子飞速地滑了下来。转眼间，他们已控制住了明淑的四肢，振宏也得以挣脱。

新鲜氧气的突入让窒息缓解时的快感传遍了振宏的全身，他一动不动地僵在原地，伫立在风浪中瑟瑟发抖。

现场的 CIA 探员们可谓武装到了牙齿，他们给变身为 RV 状态的明淑注射了镇静剂后迅速催眠了她，先进的技术让人瞠目。明淑扑通一声倒在了甲板上，一个金发的探员见状赶忙用对讲机告诉直升机下面需要一副担架。挂在绳子上的担架一放下来，探员们就把明淑抬了上去。

船长已被全副武装的外国人控制，只得像望夫石①一样乖乖

①译者注：望夫石系古迹名。各地多有，均属民间传说，谓妇人伫立望夫日久化而为石。

地待在驾驶舱里。经过一番搜身，他们发现船长身上没有携带任何可以威胁到他们的武器之后便放了他。

躺在担架上的母亲正被吊绳徐徐地拉向直升机。

"不行！"

振宏虽然刚才差点儿命丧自己母亲之手，但他还是不能就这么眼睁睁地看着她就这么被掳走。

这时，挺立在渔船中间的一架起重机引起了振宏的注意，那是专门用来钓鱼网的小型起重机。紧接着，他飞速跑进了驾驶舱。

振宏拿起一只救生圈冲着惊恐万分的船长就是一顿暴打，然后抓住船舵狠狠地打了一个右满舵。

船身倾斜了一下向右打了个急转弯，这让甲板上的探员们始料未及，一个个都失去了平衡，跌翻在地，竟然还有一个人掉进了海里。

振宏把操控台上的所有能按的按钮全都按了一遍，螺旋桨飞转着将船向前方推去。刚才跌倒的探员们刚欲起身便又像保龄球瓶似的滑倒了。再次调整好身体的重心之后，他们火速冲向了驾驶舱。

振宏拉下了右边所有的操纵杆之后，起重机才终于开始有所反应了。他使劲儿又拉了一下操纵杆，起重机顶端系着的粗麻绳便飞转到了渔船的中央。麻绳正好缠住了探员们从直升机上溜下来时用的绳索和连接着明淑与直升机的绳索。

振宏又一次按下按钮，拉动了操纵杆。天上的直升机一直被向前行驶的渔船和不停转动的起重机牵引着向前飞行。这时，振宏再次果断地按下了按钮。船停了，但在惯性的作用下直升机不由自主地继续向前飞去。直升机那强大的拉力远不是一个七吨重的小渔船所能抗衡的。驾驶舱所在的渔船后部一下子脱离了海面，腾空而起。

一名探员正好在这个当口赶到了驾驶舱，随着船身的突然倾斜，一头撞在了玻璃窗上昏了过去。振宏死死地握住船舵毫不放松，腾空而起的后部船身一倾斜便又重新砸在了海面上。

霎时间，船周围浪花四溅。只听见一声轰然巨响，船尾的推进杆彻底断了。不光是推进杆，说不定连螺旋桨也严重损坏，因为渔船已经丧失了动力，无法启动。

船一落回水面，直升机便像钟摆一样被向后甩去。这一次，安装着栏杆的渔船前半部分又被高高地拉了起来，又有三名探员掉进了海里。现在甲板上只剩下那个抓着母亲的金发探员了。

为了恢复平衡，空中直升机上的飞行员不得不将那些与自身连在一起的绳索割断。悬在空中的母亲便与担架一起，掉在了渔船的网堆上。巨大的冲击力让明淑恢复了意识，振宏看到她踉踉跄跄地站起身，仔细环视着周围。她的眼睛还是红的，精神还依旧处在兴奋状态，能清晰地感知到她那为了寻找猎物而跃跃欲试的状态。

经过数次的颠簸起伏，渔船终于稳定了下来。

摆脱了渔船牵制的直升机也是如此。如雨点般密集的子弹掠过甲板，将驾驶舱前方的玻璃全部击碎了，顶棚则被打成了蜂窝一样，遍布着弹孔。在船舱里逡巡着的船长当场中弹死亡，振宏则赶忙躲进了操控台下面的缝隙里才躲过一劫。

振宏一个劲儿地直按操控台上的按钮，摆弄着船舵，期待着会有什么奇迹的到来，但这都是白费力气，船现在再也动不了了。一架直升机爬升高度，飞到驾驶舱的上空后放下了一条绳索。紧接着，顶棚的位置传来了两名探员落地的声音，两人正在通过顶棚上被打出的弹孔仔细观察着驾驶舱内的情况。

驾驶舱外，母亲正在向这边靠近，脸就像死神一般冰冷肃穆。道石说过的话又在耳边响了起来。

"……现在给你两条路你自己赶紧选吧。"

"好吧，那就做个选择吧。"

"不，我已没有选择的余地了。"

想要活命就只能放弃母亲，但是把母亲拱手让给那帮人也会让振宏痛不欲生。每天晚上一想到这些人将会对母亲施加的种种折磨，就会让他有一种身在地狱的感觉。

"干脆就让自己死在母亲的手里好了，那样的话母亲也许会就此消失了吧。"

振宏猛地摇了摇头。

"不，真正的凶手还没有被审判之前母亲是不会消失的。自己丢了性命之后，孤苦无依的母亲还是会被那帮人无情地带走。"

渔船就像一叶扁舟在翻滚的波涛之上风雨飘摇，危在旦夕。

振宏一脚踹开驾驶舱的舱门冲了出去。探员们见状纷纷对着振宏扣动了扳机，但仅打了差不多四发子弹之后便停了，因为已变成 RV 状态的崔明淑以可怕的速度冲向了振宏，和他纠缠在了一起。

振宏引诱着抓着自己的母亲一步步移向船的栏杆附近，然后抓住她的衣角一起跳进了海里。

"扑通"一声巨响，浪花四溅，两人瞬间便被浩瀚的海水吞噬。

留在甲板上的探员们一个个面面相觑，一副无计可施的样子。一时间，船上的救生圈、旧轮胎之类的东西都被扔下了水，但这都是徒劳，振宏和明淑再也没有浮上来。此刻，后部严重损毁的渔船正在慢慢下沉。

对讲机里突然传来了命令，说话的人让他们迅速撤回直升机，说因为附近正在生成一股龙卷风。

就在探员们攀着绳索回到直升机的时候，水龙卷所卷起的漩涡已是近在眼前。在空中生成的云柱和海面上升起的水柱融为一体，正在快速移动着。

直到刚才，水柱还一直在向渔船的方向靠近。

水中竟泛起一片耀眼的白光。

·

现场搜查工作一直持续到了天亮。虽然逮捕人犯不过是一瞬间的事，但对证据和尸体的分类和收集却是个旷日持久的工作。警方此次紧急投入了一支超过二十人的队伍连夜展开搜索，夏萤也整整一夜没合眼了。

天刚蒙蒙亮，住在附近的居民们便都蜂拥而至。有出来做早饭的，有到牲口棚喂牛的，看到停在小村子后山上的大批警车后他们都好奇不已，议论纷纷，成群结队地涌上山来。照这个发展趋势，迟早要引来大量的新闻媒体和记者。

不知不觉间已到上午八点了，此时距智珉所说的会面时间还剩下不到五个小时。照这么下去，估计他们没法按时到达与朴钟浩博士约定的会面地点了。

焦躁不安的夏萤不停地咬着自己的手指。

"光有这些还远远不够啊！"

入职国情院已经三年有余，面对各种大案要案连眼都不曾眨一下的她，一想起昨天夜里的事就让她不寒而栗。已经死去的孩子在一片漆黑中突然冒出来，紧紧地抓住她的手，皮肤就像失血过多而死的人一样苍白。她也忘不了智珉那双湿乎乎却又很温暖的手。

她想弄清楚这一切，那想要了解事情的来龙去脉，想要尽快一探究竟的欲望比以往任何时候都要强烈。这绝不是一件普普通通的暴力事件，这个已经超出了人类常识范围的奇异事件在生与死、罪与罚之间来回穿梭，一个接一个地发生着。她预感到只要破了徐振宏案，和 RVP 有关的所有案件便会迎刃而解。不，连这个世界和人生所隐藏的深意也将会大白于天下。即使不能升职，她也一定要把这件事弄个水落石出，破解这其中所有的谜团。

负责搜查的探员们分别从房子的院子和后篱笆下挖出了大量被肢解的尸体，其场面之血腥惊悚令人咋舌，就连见多识广的法医官也不停地摇着头。

"这简直就是人体肥料啊，人体肥料。不论从哪儿都能挖出大量的尸体。如今倒也不用再浪费纳税人的钱去美国田纳西州考察了，那里有个所谓的 Body Farm(人体农场)。"

犯罪嫌疑人将受害者的身体以关节为节点细致地剖开，并分别埋在不同的地方，然后在上面种下蒲公英、红藤草以及波斯菊一类的花种。随着季节的变化，以人的血肉为养料的植物们的花朵都会开得异常娇艳。对于被埋在这里的人来说也许有些残忍，但对法医来说却是个千载难逢的绝佳实习机会。

夏萤反复回味着民旭说过的话。虽然他手上沾满血迹，并被作为犯罪嫌疑人紧急逮捕，但却坚决否认这起犯罪与自己有关。

"哎呀，我真的什么都不知道啊，振宏让我过来看看我就来了，仅此而已。他走之前让我来帮他整理些东西，还告诉了我这儿的详细的地址。我……本来是想救那几个女人的，没想到我一伸手血就……"

民旭被带上车送往警察局的时候还不失沉着冷静，有条有理地向夏萤说明着当时的情况。一到警察局他就要求见自己的代理律师，之后便一直保持着沉默。

搜查工作进展缓慢，举步维艰。徐振宏现在在哪儿？为什么这儿会埋有尸体？崔明淑此时又在何处？对于这些疑问，现在谁都无法解答。

在现场被发现的两名女性虽然被火速送往医院，但当时已是生命垂危。医生说即使能勉强捡回一条命，极为严重的头部损伤也会使她们很难完全恢复意识，而让她们配合警方破案更是希望渺茫。

现场的法医官崔武卿提着罐咖啡走了过来。

"国情院现在变得越来越随心所欲了，听说还有什么秘密抓捕之后对犯人严刑拷打的事儿，那还何必非要遵守这些条条框框在这儿胡闹呢？有了那些不就能为国家完成任务了吗？"

不知道他是在开玩笑还是实话实说，不过从他的表情来看应该是后者。"啪！"他轻轻一拉，咖啡罐上的拉环就掉了，然后递给了夏萤。

"我们也没办法，谁让他是个极其重要的嫌犯呢？可您要是出了什么差错坏了我的升职大事，您能负得了这个责吗？"

"你个年轻轻的小姑娘怎么能让我负责，让别人听到了可是要误会哦，哈哈。"

双方你来我往，唇枪舌剑了一番后，夏萤的嘴都干了。天上掉下来的机会无论如何都不能再错过了。只要撬开了李民旭的嘴，徐振宏的潜藏之处便唾手可得，说不定还能接触到朴钟浩博士，夏萤想。咖啡很苦，她意识到自己从昨天下午吃了个奶油面包之后，一直到现在还水米未进呢。

她给敬采打了个电话，启示录乐队[1]的《*Misconstruction*》

---

① 译者注：芬兰一支用大提琴演奏重金属音乐的乐队。

嘶吼着从电话另一头传来，仿佛是要用这诡异的彩铃来拷问别人似的。

"嗯，怎么了？"

敬采用嘶哑的嗓音问。

看来他昨晚也没睡觉，十分疲倦。为了来接走民旭，他一直守在首尔地方检察厅特别部。

"他现在暂时还是以嫌疑人的身份进去的。"

"那意思还是不能正式处理他咯？"

为了安抚夏萤，敬采把事情的来龙去脉和她讲了一遍。负责这起案件的尹五珍检察官说自己掌握整个案情还需要时间，而且光是对付李民旭的代理律师就花了她好几个小时。

而李民旭的说法还和他被捕时所说的没什么区别，说自己对案发的房子和女人的事儿一无所知，自己只是受公司合伙人之托去整理他留下的东西而已。

虽然有现场所采集的指纹作为证据，但辩护律师却对此只字不提。正在被追捕的徐振宏为了让某个倒霉蛋给自己背黑锅，肯定已经上下疏通过了。通过集音器收集到的呻吟声和被救出来的女人身上的伤口，敬采判断案发时间应该就是昨天晚上，而凶手就是李民旭，他只不过是在抵赖罢了。

"剩下没多长时间了，再等等看吧。"

"知道了，现场搜查那边你也多费心。"

和敬采一打完电话，夏萤就把手里的易拉罐扔进垃圾桶里，向鉴定组的方向走去。"无论如何也要找到一些确凿的证据来向李民旭施压！"

科学搜查小组的人被分成了两队，一队负责处理尸体，另一队负责对别墅进行彻底搜查。能从国情院调来的专家虽然都已经在这儿了，但估计在原先预定的时间内完成任务将会很困难。

"怎么样？又找到什么了吗？"

"找到的东西多了也是问题啊。"

张仁寿队长手里拿着新发掘出来的头盖骨，不禁哑然失笑。排成一排放在蓝色塑料薄膜上的头盖骨和其他骨头的主人的尸体已经超过七具了。

在房子里仔细搜查的人也都忙得不可开交。得益于所有人连一滴血、一枚指纹都不放过的敬业精神，他们很快就确定了被害人的身份。而这个季度刚刚升级的指纹识别系统也为节省时间出了一份力。

"怎么样，结果出来了吗？"

有一名鉴定员专门负责报告当前的搜查进展，他说放在屋里的由菲利普·斯塔克设计的桌子和灌装啤酒，衣柜里放着的衣物，还有餐具上均发现了徐振宏的指纹。紧接着，那名鉴定员又从塑料袋里掏出一把餐刀解释道：

"这是在被送往医院的受害者身旁发现的作案工具，在上面发现了受害人的血迹以及您所提供的犯罪嫌疑人的指纹和DNA残留物。"

听他说完，夏萤咬了咬嘴唇，徐振宏果然就是真凶啊，但还有几个地方没法解释。徐振宏为什么要把李民旭叫到这个地方来？是为了让他来清理这惊悚的杀人现场吗？两个人关系再好也不会好到这种地步吧，怎么可能托朋友帮自己做这种事？要不然就是……

"两个人合伙作案？"

也不是没有这个可能性。特别是这和七年前的崔明淑之死有关，公司因为她的死而起死回生，两个人都可谓受益匪浅。

夏萤又催促着问道：

"那，有发现李民旭的指纹或DNA吗？"

"那先从指纹……"

鉴定员启动了激光指纹识别器，散发出红光的机器在室内搜索着提前被录入进去的李民旭的指纹。虽然当前的扫描技术并不完美，还需要借助人力，但在性能和速度上已远远超过了过去用的可变光线器。机器一发声，被识别出的指纹的位置和个数就都显示在了屏幕上。三十二个，一个少到不值得与徐振宏的指纹进行比较的数值。

就算说他是昨天第一次到这儿来也完全说得过去。

"白探员，您过来看一下！"

厨房方向传来了叫她的声音。

鉴定员们在厨房的碗橱里发现了一个硬皮旅行箱。这个ABS材质的红色旅行箱里放着三双女式皮鞋和几把被剪断的辫子，十四克拉的戒指，捕梦网样式的耳环，书包以及雕刻着树叶的发卡等物品。

"看来这都是他的战利品啊。"

为了回忆自己所犯下的罪行，某些连环杀人案的凶手会将被害人身上的物品或者其身体的一部分收藏起来。这已经是她第三次在犯罪现场亲历这种事了。

"那个……？"

夏莹伸手从旅行箱里拿起了一件东西。

是狒狒面具。每个地区的狒狒面具都不太一样。夏莹拿着的这个面具和申彩儿当初在画里画的面具一模一样，有着耸起的角，大张着的嘴，锋利的牙齿。面具里面藏着一个长宽约五厘米的小塑料袋，里面装着像面粉一样细腻的白色粉末。

身旁的鉴定员火速从车里取来了一台手提电子装置。大约两分钟后，那机器亮起了绿光，说明检测结果出来了。

"这是活力粉，从被送往医院的两名女性身上检测出的毒品正是这个。"

活力粉是摇头丸的变种之一，它作用于人的额叶，可以使人迅速丧失意志力和判断力，并做出一些亢奋和冲动行为的毒品。也会导致一些服用者产生暂时性的四肢无力。

战利品不光只有这些。在旅行箱中所占体积最大的背囊底下有一只破旧的长款布艺钱包，丝织面料，上面绣着彩色的纹路，钱包里装着一个存折。

确认了一下存折上的人名，夏萤闭上了眼。

存折是崔明淑的，她七年前死的那天正是从这个存折里取出了最后一笔钱。

虽然戴着手铐，但民旭的脸上却毫无惧色。比起最初在现场被发现的时候，他反倒看起来更加从容了。

昨天夜里突袭别墅的时候，他还呆呆地看着两个血肉模糊，像烂泥一样倒在血泊中的女子，在惊恐万状中被轻松擒获。可是现在，他的样子就像什么都没发生过似的悠闲。在自己还未摆脱嫌疑，有可能被当作连环杀人犯而惩处的情况之下还能保持如此的气定神闲，由此看来，这个李民旭也绝非等闲之人。

"不好意思，您的一切问题将由我的律师金东贤先生代为回答。"

头发斑白，戴着一副厚重眼镜的金律师同意地点了点头。敬采瞥了一眼坐在民旭身后的尹五珍检察官。在他获准与李民旭见面之前，尹检察官已经把金律师的一些信息告诉了他。这个曾经坐到高等检察院检察长位置的金东贤是个声名远扬的大律师，家世显赫，在法律界极具影响力。他享受着退休待遇的同时，又是当今律师界中能力最强的人物，凡是他代理的案子几乎没有败绩。

听完敬采的要求，金律师略带怀疑地反问道：

"所以今天你们会让我的代理人从这里走出去吗？"

"再等几个小时就可以了。"

金律师听到这个回答冷笑了一下，被以连环杀人犯的罪名紧急逮捕的人还有被放出去的？不论是当检察官还是做律师时，他都不曾遇到过这种荒唐的案例。对于嫌疑人来说连做梦都不敢想的事竟然由检方先提了出来，而且连解决相关法律问题的文件都已经事先准备好了。金律师微眯着眼将放在桌上的文件推了回去，他不得不怀疑这其中一定有什么猫腻。

"昨天逮捕我委托人的可是你们，现在又口口声声说什么需要我们的协助，谁能保证这不是你们为我的委托人设的圈套？我们为什么要协助你们？"

"因为只有这样才能还原整个案件的真相，才能证明李民旭先生的清白啊！"

金律师的脸色变了，他回头看了看坐在自己身后的李民旭。他两手端正地放在膝盖上，跷着二郎腿，浑身散发着富家公子哥的气息，连戴在手腕上的手铐都像是个时尚的小饰品。

"能不能麻烦您再详细地说明一下？"

那嗓音宛若丝绸一般柔软，凝练。要是放在平时，民旭肯定会轻蔑地一笑，对之不屑一顾，但现在他的眼神里却透出了深深的怯懦。人的眼睛是不会撒谎的，民旭是个和死囚朴世春完全不同类型的恶棍。

手指上的戒指，身上的衣着还有皮鞋，他身上的每一件东西都是敬采想都未曾想过的。眼前的这个男人也许这辈子还从未在别人面前低下过自己那颗高傲的头颅。与朴世春那卑鄙而又龌龊的恶不同，他的恶强大、威猛、精准地洞察着现实世界的污点，是一种沉着而富有强大意志力的恶。

他的脑袋里现在分明就在算计着什么。让突然失踪的徐振宏为自己背黑锅，他还真是个卓越的高手。一旦李民旭在庭审的过程中提到徐振宏的失踪，那国情院现在正在调查的案件就势必会被披露出来，可这些绝密信息能在法庭上公开吗？

恐怕事情还不止如此。说不定有一天 RV 就会像有超能力的人和外星人一样彻底成为公众关注的焦点。只要媒体对此事稍加报道，这起案子与 RV 密切相关的事实就会不胫而走。振宏被自己死而复生的母亲攻击的景象曾被多人目击。普通人绝对会将 RV 视作正义之士或者超凡的审判者，他们不会相信 RV 也会出现失误的，他们会觉得对于死而复生的 RV 来说根本就不可能有什么失误一说。而对于国情院来说，让公众们知道 RV 就是在人的基础上制造而成，创造他们的人还是一个韩国人这种事并非他们所乐见的结果。消失的徐振宏就是真凶，人们对这一点已深信不疑。

即便最后李民旭在法庭上被宣判为死刑，他也不会真丢了性命，因为过去二十年间，没有一起死刑判决被真正付诸实施过。

"今天下午，我们的探员要去见一个曾经下落不明的重要人物。为了找到他，几年来我们付出了大量的努力。但是我们收到可靠的消息称那个人出现的地方徐振宏也会出现的。"

"振宏？"

民旭脸上隐隐露出的一丝窃笑，那笑意虽然转瞬即逝但还是被眼尖的敬采捕捉到了，果然和他当初的预测如出一辙。

"果然如此，徐振宏已经死了，就是那个家伙杀的。"

能为了事业杀害自己朋友母亲的人，再杀了自己的朋友又有何难？对一个在社会上被孤立和敌视的朋友下手也许更是不费吹灰之力吧。只要振宏掉进了李民旭为他下好的套，那任凭他怎么信口开河都无所谓了，因为死人是没有办法说话的。

"真的吗？"

"嗯！只要你答应协助我们调查，尹检察官也已承诺说会更加相信你的清白的。"

金律师此时还是一脸的不满，他用手指敲着敬采递给他的文件夹上面的第一张纸问道：

"来，你实话实说，为什么一定要带我的代理人去那儿？这一点我无法理解。"

"这是应那位，就是我们一直以来苦苦追踪的那个人的要求……他把李民旭先生也要一起去列为见面的条件……"

听到这话，民旭眉头一皱。

"带我去？那位是我认识的人吗？"

"那倒不是……"

民旭看上去是在强忍着自己脸上快要露出的笑意，表情是那么的扭曲。

不管你们要见谁，不管那个人是个怎样的大人物，你们都无法再见到徐振宏了。

他的眼神里写满了嘲讽。

"那我们相信您一定会全力配合我们的工作的，只要抓住了徐振宏，就能还您一个清白了，难道不是吗？"

"那当然了。"

民旭点了点头，一脸的轻松，而旁边金律师的劝阻已无济于事。他痛快地提起笔来在文件上签了字，好像这对自己来说并不是什么困难的要求似的。

成就感像潮水般涌来。

妥了，妥了。

敬采合起文件拿在手里的同时，心里乐不可支。原来这种人的内心世界如此之明显，轻而易举便被自己揣测到了。李民旭现在确信自己周密的计划已经实现了，签字在他看来不过是尽兴罢了。他一定很想看到今天一起到达现场之后徐振宏没有出现时我们失望的样子吧？还给了他一个只要协助调查就会被判无罪的假象。

敬采一出调查室就把文件紧紧地攥在了手里。

事情再也不会按照你的意愿发展下去了。

你根本就不知道你将要见到的这个人到底是谁。

他是一个能让死人复活的人，一个能帮冤死之人解除怨恨的人。即使你所使出的伎俩再完美无缺，所有的秘密不久也都将要大白于天下了。

第九章　幻诱

睁开眼，周围的一切都很陌生。细密的阳光透过半透明的屋顶照在屋子里，所有的东西都闪耀着白色。房间里空无一物，地上铺着白色的地毯，而振宏就躺在这地毯上。

他只记得自己和母亲一起跳进了海里，至于之后发生的事儿他一点儿都想不起来了。他也不知道自那之后已经过去了多久。

躺在自己旁边的母亲还沉浸在睡梦中，头上戴着一个新的眼罩，衣服也像刚洗过似的干净整洁，闻不出一丁点儿海水的咸味儿。

"到头来还是落在了 CIA 的手里。"

振宏叹了一口气，除了这个之外他已想不到其他的可能性了。很明显，他们救了这对跳进海里的母子之后便把他们带到了这儿来。

那么，这里难道是美国吗？

他勉强站起身，迈着自己那还在颤抖着的双腿走向床边。

拉开白色的百叶窗一看，一片熟悉的风景映入眼帘。原来这里是邻近著名购物商场的兴仁门路，就在东大门历史公园附近。

根据周边建筑物的情况，可以初步确定振宏现在所在的位置应该是东大门设计大厦。这栋由扎哈·哈迪德①设计的充满曲线的建筑常常会吸引一些外国游客留在这里用餐。然而，自己从不知道这楼里还有这样一个地方。他环顾了一下四周，竟然没有找到房间的出口，这个屋子并不是典型的六面体布局，它的墙壁呈一种弯曲的管状结构。

振宏仔细摸索着像玻璃般光滑的墙壁，好不容易才找到了一处墙壁间的缝隙，但不管怎么找都找不到看起来像门一样的地方。就在振宏想要放弃的时候突然传来了一阵敲击声。

咚，咚，咚。

振宏把耳朵贴在墙上才找到了声音传来的地方，有人正在另一边敲着墙壁。该怎么打开呢？连个门把手都没有。

"莫非……？"

他试着轻轻地从侧面推了一下墙壁，门就开了，原来这是

①译者注：扎哈　哈迪德（Zaha Hadid）英国著名的现代主义建筑设计师。

个推拉门。

"你……"

看到眼前的一幕，振宏已经惊讶得说不出话来，站在走廊里的正是敬采和夏莹。还没等他反应过来，敬采就闯进了屋里，他以躺在地上的明淑为中心在屋里转了一圈。

"只有你们两个人吗？朴钟浩博士在哪儿？"

"朴钟浩……博士？"

虽然这名字是自己第一次听说，但振宏却张不开口。因为从看到戴着手铐的民旭的那一瞬间起，他的思绪就已经完全停止了。

感到惊讶的不只有振宏一个人，民旭在看到还活着的振宏之后，脸上立刻露出一副难以置信的表情。

"你怎么在这儿？你……"

再一看到躺在地上的明淑，李民旭瞬间凝固了。

这一切都像梦境一样，这么直接的碰面更是让他不知所措。那是多么熟悉的一张脸啊，两个人仿佛现在就能肩并着肩马上一起出去喝酒似的。

两个人之间，久久的沉默。民旭的腰虽然被枪抵着，但丝毫看不出有什么妨碍，两个人依旧四目相对。

过去所经历的那些日子仿佛在一瞬间都消失殆尽，现在振宏终于看到了民旭层层伪装之下的真面目。

两人虽然立场不同，但眼里所透出的慌张、愤怒、惊愕、尴尬，还有杀气等种种的感情交织在一起，这种极端的混乱反倒看起来有些相似了。振宏看着民旭眼睛里的自己，知道他的脑子里现在只有一个念头，那就是杀了他。

从杀人犯的眼珠里可以看到一个杀气腾腾的人的身影。意识到自己暗杀行动失败的杀人犯则被笼罩在那杀气腾腾的人的影子里，眼睛里放着光。杀气和杀气就像两面对着的镜子，创造了一个无限空间的同时不断膨胀。

就在振宏发愣的时候，民旭率先扑了上来。他先是用胳膊肘推了一下端着枪的夏萤，然后使出一记回旋踢重重地踢在了振宏的脸上。从他精准的动作可以看出他可能从小就开始学习跆拳道了。

"你这个猪狗不如的东西！杀人犯！杀了那么多人，连自己的母亲都不放过，你怎么可以做出这种事？甚至还想对我下毒手！为了帮你逃跑我差点儿把命都搭上了，你还想把杀人的罪名推到我头上？"

这一脚让振宏顿时失去了平衡。手上戴着的手铐并没有妨碍到民旭，他抱紧双拳，朝着振宏的头就是一通乱打。

振宏每挨一下，他的脑子就清醒一分。虽不太明白民旭的话，但有一件事他很确定。

真的。

真的是这个家伙杀害了母亲。

是他杀的。

母亲的死和朋友的唆使。

在民旭这种暴力行径的催化之下，两个怎么都不可能联系在一起的事实正在慢慢走向融合。这越来越像是事情的真相而让人不得不开始接受。

敬采本想上前阻止两个人之间的厮打，但夏萤却抓住了他的手。夏萤静静地看了看被痛打着的振宏，移步向崔明淑走去。

也许是被屋内这突如其来的骚动惊醒了，崔明淑的身体开始动了起来。戴着眼罩的明淑一边走动，一边聆听着周围的声音。夏萤看了一眼拿在手里的枪，然后下定决心一把拿掉了蒙在崔明淑眼睛上的眼罩。崔明淑一睁眼就先环视了一下周围。反射度像玻璃一样好的墙面上映现着振宏和民旭二人的身影。

"你，你在干什么？"

敬采大喊一声，那嘶吼久久地回荡在屋里。

民旭赶紧收了手，连连向后退了几步，看得出，他怕极了。

没了眼罩的崔明淑向他一步步靠了过来，就像一个发病的病人一样瞪大了双眼，自言自语着。

"Giudizio...Giudizio..."

她分别看了看振宏和民旭两个人，确定了一个目标后拔腿便向其中一人冲去。

民旭被吓得连退了好几步，振宏则迅速脱掉了自己的外套。虽然振宏的嘴角还在不停地向外流血，但此时已容不得他再有半点犹豫了，他紧闭着双眼向母亲迎了上去。

这回被已变成 RV 状态的崔明淑盯上的还是振宏。振宏刚把外套罩在母亲的头上就被动作迅如闪电的她抓住了外套的袖子，然后一把缠在了振宏的脖子上。

"呃！"

振宏嘴里传出了一声哀鸣。就在那一刻，啪！夏萤举起枪朝明淑开火了。勒在振宏脖子上的衣袖松了一下，明淑就倒在了地上，浑身抽搐着，嘴里不停地吐着白沫。刚刚才经历过死亡之恐怖的振宏用尽全力将母亲的身体抱了起来。

"妈！……妈！"

夏萤上前将手放在了振宏的肩上，想要阻止住正在呜咽的他。

"这是麻醉弹，你应该不会觉得只有你会用这玩意儿吧？"

振宏摸了一下母亲的手腕，感到她的脉搏渐渐稳定了下来。夏萤把刚刚拿下来的眼罩又重新给晕过去的明淑戴了回去。

"你疯了吗？为什么这么做……？"

"我不过是想证实一些事情。徐振宏先生，能麻烦你看看这个吗？"

夏萤说着从自己的藏蓝色外套里掏出了一台平板电脑。她用手指轻轻点了几下之后屏幕上便跳出一组照片，看上去像是一个陌生小院的内景和外景，但无一例外都是些惊悚无比的场面。照片上，已成白骨的尸体被排成一排，溅着血迹的墙壁，两个血肉模糊的女子，任何一张都可谓惨不忍睹。被这触目惊心的画面吓了一跳的振宏赶忙将头撇向一边。

"还不赶紧关掉？干吗要无缘无故给人看这些残忍的照片？"

"我们可是在这儿发现了你的指纹和 DNA 哦。"

夏萤斩钉截铁地说。

"什……什么？"

"还是麻烦你再仔细看看这些照片吧！"

夏萤又敲了几下屏幕将照片放大。这次，振宏没有掉过头去。那照片中的房子，还有屋内的陈设竟是如此的熟悉。他半天都没说一句话。

"这是我曾经用过的，都是……"

包括那个已被鲜血覆盖的落地柜都是自己曾经在这幢小楼里用过的东西。夏萤点了点头，一副不出自己所料的样子。根据她的说法，在振宏逃走之后，李民旭就预料到国情院肯定会派人跟踪他，于是就把振宏的所有行李都搬到了杀人现场。

"可他为什么要做这些？"

"前阶段有个名叫洪智恩的女学生失踪了，而杀害她的凶手就是李民旭。调查正式开始的时候，他的狐狸尾巴才渐渐露了出来。在被人发现之前，他当然希望你能尽快替他背这个黑锅咯。不只是洪智恩一个人，他想把被他杀害的所有人的死都推在你的头上。他就是想利用你一直被 RV 死死盯住不放的事来完成他的阴谋。"

紧接着，夏萤又说到了跟踪李民旭的事，说到了郊外那栋振宏曾经回去过的偏僻的房子，说到了屋里生命垂危的女子，还说到了院子里和篱笆底下发掘出的一具具尸骨。被李民旭杀害的不只是崔明淑，他极有可能还是个最少已杀死十人的变态杀人狂。听到这些，振宏感到一阵眩晕。

但还有一个更加关键的故事。

"申彩儿小姐的事……事发当晚，引发那件事的也不是你。"

振宏瞪大了眼睛。

"你这是什么话？那件事……是我干的啊。"

戴着狒狒面具强暴了申彩儿的分明就是自己，对自己当时的每一个动作他至今仍历历在目。

"不，不是你干的。"

夏萤摇了摇头。

"你当时在药物的作用下失去了意识，倚靠在墙边。你虽然没能阻止那次犯罪，但也没有参与其中。我丝毫不想为你和其他几个人那天的行为辩护，但现在该是你了解事情真相的时候了。那天在场的所有人，包括你在内，都被下了药，是有人有意而为之。而且那个戴着狒狒面具的人根本就不是你，而是李民旭。

"你想想看，难道不觉得这中间有什么蹊跷之处吗？在你的记忆里，你就没有觉得自己当时始终是在以第三者的角度观察自己吗？"

瞬间，振宏觉得仿佛有一颗巨石从天而降，重重地砸在了自己的胸口。就像夏萤说的那样，振宏正是以客观的角度清楚地记得自己当时的一举一动，连绑在那狒狒面具上的黑色绳子来回抖动的样子都看得清清楚楚。现在想来，确实是有些奇怪。

那绳子是绑在面具后面的，怎么可能被亲自戴着面具的人看到？

"可如果真是那样的话，为什么彩儿什么都没说……"

"你可是她最依赖的人啊，但你却在一旁眼睁睁地看着这一切发生，无所作为，没能在她最需要你的时候伸出援手。虽然是因为你当时被下了药，但她对此却毫不知情，所以才会对当时无动于衷的你恨之入骨啊。还有，叫来那个恶魔的人也是你。在来的路上，我给曾经是农乐演奏社团的安珉俊先生打了个电话。他说那天演出结束之后，为了向你们表示祝贺，李民旭也来到了案发现场，是不是？他也来和你们一起喝酒了。"

振宏缓缓回过头去看了一眼民旭。

没错儿。

当时，民旭也在社团的活动室里。他虽然在这令人发指的暴行发生之后忘记了这事儿，可他却清楚地记得民旭来的时候还提着一箱啤酒。

"辛苦了！祝贺你们！"

也许是来之前已经喝了很多酒，民旭当时看上去多少有些萎靡不振。他不声不响地和大家坐到了一起，一边翻找着演出服一边咯咯地笑个不停，那笑声很是夸张。民旭提来的酒被喝光之后，大家便开始变得有些异样。眼神恍惚，语无伦次，行为越来越激动。一个个都仿佛丧失了人性，变成了野兽。没想到就在那个时候，申彩儿进来了。振宏朦胧的记忆中突然闪现出一样东西，那就是他身旁头戴面具正在笑着的民旭的脸。

一直站在一旁默不作声的民旭用平静的让人害怕的语气问道：

"你说这些话的证据都在哪儿？"

夏萤一边冰冷地看着他，一边给他出示了一些照片，照片上正是那些在郊外那所房子里找到的"战利品"。那堆东西中就有七年前崔明淑被抢时放在包里的存折。

"这些'战利品'的主人肯定就是杀害崔明淑的真凶。"

民旭笑了。

"是吗？你刚刚不都看到了吗，崔阿姨想杀的人不是我是振宏啊！"

"对，你说得没错儿，但你知道吗？我特地留意观察了一下你们两个人刚才的反应，你们两个人当时对待 RV 发作时的方式可完全不同！徐振宏明明看到变身为 RV 的母亲扑向了自己还是冲了上去，可你呢……在崔明淑女士完全转变为 RV 状态之前就开始向后退，你为什么要向后退呢？"

民旭像是被说中了要害，一时语塞。敬采这时才明白过来，惊讶地张大了嘴，原来这才是她揭掉崔明淑眼罩的真正目的。

民旭的语气软了下来。

他将戴着手铐的双手抱在胸前说：

"我后退是因为我害怕啊，我也是个普通人嘛。之前既没有接触过 RV，也没见到过 RV，已经死了的人突然向你这边走过来，难道你不会被吓到吗？"

看到民旭那副委屈的仿佛在诉说事实的表情，夏萤把头转向了一边，这是她见到自己讨厌之人时的一大习惯。

"还有，我们对你留在现场的体毛进行了化验分析，发现其中含有高浓度的活力粉成分残留，原来你一直都在吸食毒品啊！我们从被送往医院的两名女性身上也检测出了相同的毒品成分。但徐振宏先生在我们国情院总部做毒品成分检查时可是完全正常，对于这个结果你怎么解释？"

民旭两手捂着脸，像是要戴上自己那副已经支离破碎的面具似的，指缝间露出如禽兽般锋利的眼神。他牙齿微露，呵呵地笑着。

事已至此，他已经没有理由再继续伪装下去，也没有必要再啰里啰唆地说一大堆不合逻辑的谎话了。那态度就像是自己区区一个不起眼的小把戏被人识破时一样毫不在意。民旭轻蔑地看了看两个探员和振宏，那放肆的眼神像是在炫耀自己那能够隐藏自己本来面目、欺瞒世人许久的能力。

夏萤看出了民旭脸上所表现出的那份明明白白的坦白，冷冷地笑了。

其实在现场并没有发现什么体毛之类的物证，这都是夏萤编出来的谎话，不过是想看看民旭会有什么样的反应。没想到他竟然中计了，他终于脱下了自己那伪善的面具。

"不错，人都是我杀的。"

振宏又看了看民旭，感到眼前的他竟是如此的陌生。从他的语气里感受不到丝毫的恶意和罪责。他说到这些令人发指的罪行时竟像喷香水般轻松愉快，就是这样一个人，自己这么多年来竟然一直都把他当作朋友。

他是个变态杀人狂。和他一起写过报告，喝过酒，经营过公司，上过夜班的朋友竟然会杀人。字写得干干净净，很擅长开玩笑，在喝酒时常常能主导整个场面的民旭竟然会以杀害柔弱的女性为乐。虽然自己偶尔也会被他那自私自利和以自我为中心的性格刺痛，但那不过是他因无法得到父母的认可而留下的心灵创伤造成的。了解他的话，就会知道他是一个多么可怜的家伙。一直以来振宏都是用这样的想法包容着他，袒护着他。结果这所谓的情谊不过都是自己的自作多情而已。

多么傲慢的慈悲之心。

"那真的是你……是你杀了我妈？"振宏问道。

民旭用戴着手铐的手摸了摸自己的下巴。

"你还能想起来我们在这一切发生之前的事儿吗？你看宽一点，到头来结果不都变好了嘛。你妈也活了，公司也保住了。"

"……所以，过去的事就让它过去吧。"

这完全就是毫不知羞耻的狡辩。民旭脸上露出一副学生时代抽烟被老师当场逮到时的表情，一副反问自己有什么错的表情。

振宏被打的脸上此时针刺般的痛，鲜血从裂开的嘴角里一滴一滴地流出来掉在地毯上。

那些忍受着痛苦，充满自责的日日夜夜终于找到了它可以攻击的对象，可是心中的愤怒并不是那么容易就能倾泻而出的。

因为几十年来，他一天都未曾用那样的方式活过，他的母亲崔明淑也从未用那样的方式教育过他。她只是告诉自己不要和别人打架，不要伤害别人。大学时期自己和女孩子见面的时候，她还要絮絮叨叨地说些什么千万别让别人家的宝贝女儿流泪的话。得益于她的教导，如今，即使杀害自己母亲的凶手就在眼前，她的儿子也只会像傻子一样呆呆地站在原地，无动于衷。母亲去世之后，振宏曾下定决心，如果自己能见到凶手的话一定会立马扭断他的脖子。在无数个漫长的夜里，他都想象着自己手刃那个素未谋面的凶手时的场景。但现在真的见到凶手时，他却什么都做不了。母亲的训诫在她死后依然用一种无形的方式暗暗左右着儿子的行动。

而且，振宏从骨子里已经对眼前站着的这个人的精神世界绝望了。杀人之后不仅不感到愧疚还露出一副美滋滋的样子，眼睛里好像在说"那又怎么样！"对这样的人动粗又有什么意义呢？不过就像是拳头打在墙上一样。纵使把民旭送进监狱，给他判了死刑，对于杀了母亲的事他也绝对不会流露出丝毫的悔意。

振宏努力压制着自己心中那旋涡般翻滚着的情感，回头看着两个国情院的探员。

"那么说，是你们救了我们母子俩了？为了见那个什么朴博士？"

敬采一脸迷惑地看了看他。

"我是问我和我母亲两个人掉进海里的时候……是你们救了我们并把我们送到这里来的吗？"

"海……？"

夏萤也是一脸的茫然，好像完全不知道振宏在说些什么。这让振宏反而有些怀疑自己是不是在做梦，那些在海上发生的事真的就像是自己的幻觉一样。

"今天是几号？"

"11 月 27 号啊。"

"现在几点了？"

"下午一点刚过。"

在海上听到的大雁的啼叫声仿佛前一秒还在自己的耳畔回响。如果今天真的是 11 月 27 号的话，那就说明这些事都是在今天早晨才刚刚发生的啊。偷渡中国，直升机和 CIA，还有那直冲云霄的水柱。

在这短短的时间内，究竟是什么东西将自己和母亲重新送回了首尔？又是谁把失去意识的我们送回来的呢？

"你们是怎么知道我们在这儿的？"

"有人事先告诉我们的。"

敬采说着把写有这儿的地址和见面时间的纸条递给了振宏。

"到底是谁？"

偷渡中国将会失败，自己将会被 CIA 追捕，作为整个事件的亲历者，他也是今天早晨才得知了这一切。连说自己杀了两个人的民旭也没能预料到国情院的探员昨天会来抓自己。

究竟是谁送来了这个消息？怎么能做到对所有的情况都如此地一清二楚还制订出了周密的计划？他甚至还准确地预见到了 CIA 的行动会失败。

"你说这都是那个什么朴钟禹博士做的？"

"不是朴钟禹，是朴钟浩。"

"你们想见的就是这个人吗？给你们送这个消息的也是这个人吧？"

敬采点了点头。朴钟浩博士究竟为什么要安排这样一次会面，还要求让嫌疑人一同前往，甚至不惜将他们同时置于危险之中呢？

　　此时一头雾水的振宏看了看民旭。民旭瞟了一眼倒在地上的明淑，脸上满是不安。那可是被自己杀了的人啊，虽然她刚刚袭击的人是振宏，但说不定什么时候她就会恢复记忆。振宏此时也明白过来，一旦母亲意识到李民旭才是真正杀害自己的凶手，肯定会毫不留情地置他于死地，那将会造成怎样的结果呢？

　　"母亲会消失的。"

　　事情怎么会如此之巧？

　　现在终于可以还原整件事的本来面目了。

　　"原来，朴钟浩博士才是始作俑者，他才是整个RVP事件背后的真正元凶！"

　　在发现了自己所创造出的RV出现判断失误之后，他为了修正这个错误而选择了亲自出马。

　　所以他不仅要求探员们把真凶李民旭带到这儿来，还从西海①救回了崔明淑和徐振宏。

　　"没错儿。"

　　敬采承认道。

----

①译者注：即中国黄海。

振宏看了看周围，很明显，这个房间的某些地方肯定安装着可以一览屋内情况的监控器。朴博士此时肯定在某个地方老谋深算地观察着这里正在发生的一切。振宏开始细心地检查起周围的墙壁，与此同时，敬采也不约而同地在屋里搜索起来。夏萤拿枪对着民旭，监视着他，以防他再耍出什么花招来。

在搜查屋子的过程中，振宏从探员那儿了解到了朴钟浩博士的一些情况。他的丧子之痛和由此而诞生的代号为"完美审判"的 SSS 项目，以及这个项目最后如何搁浅等信息都被一一告诉了振宏。RVP 出现在 SSS 项目流产之后，不，RVP 很有可能就是 SSS 项目本身希望达成的目标。

听完这些事，振宏显得怒不可遏。

"这简直是不可理喻！把被害人重新打造成一个杀人犯，这算什么'完美审判'？不过是在大量制造新的犯罪罢了。"

听到振宏的这句话，敬采和夏萤都没有作声，他们是在用沉默表示自己对这种意见的认同。

经过长时间缜密的搜查他们还是一无所获，别说监控器，就连窃听器也没找到一个。一直在耐心查找的振宏突然停了下来，回过头看了看躺在屋子正中间的母亲。

朴博士之前已经告诉国情院的探员自己今天会在约好的时间将振宏母子带到这儿来，也就是说他随时都清楚两个人所处的位置。

这怎么可能？

难道他在自己创造的 RV 体内植入了什么特殊装置？这种推断绝非无稽之谈。他知道崔明淑做了一些原本不该做的事，让敬采他们把民旭带到这儿来也肯定与此有关。如果真是这样，那么他就能用安装在 RV 内部的装置观察到其周围发生的所有情况。按照这个推断，朴博士即使对今天上午两个人在西海上发生的事了如指掌，也没有什么值得大惊小怪的了。

振宏将自己的推测告诉了敬采，敬采也觉得他的推测很有道理。

但推理并没有就此结束。

"RV 身体里难道还装着能让他们瞬间移动的装置吗？"

这种假设虽然听上去有些不可思议，但现在除此之外也没有别的可能性了。如果没有这种能让人瞬间移动的装置的话，这对母子怎么可能眨眼间就从西海来到了兴仁门呢？

接到问题的敬采无力地笑了笑。

"是吗？也许吧。"

其实，连敬采自己都不相信他所说的话。他因为当场目击了智珉的消失，所以只能认可这种推断，可所谓的"瞬间移动"怎么可能真的会出现在现实生活中啊？但如果把"审判"完成后 RV 们的消失也看作一种瞬间移动的话，那这种现象也就很好解释了。

RV 是什么？

朴钟浩博士创造出来的究竟是什么东西？

与其将 RVP 称之为科学，不如说它是一种魔法也许会更为贴切。

但敬采此时最好奇的还另有其事。

"他是怎么知道那么多没有结案的杀人案的呢？"

那可都是些连警察和国情院探员都不得不放弃了的案子啊。

振宏向着中了麻醉枪已不省人事的母亲走了过去。

然后将嘴贴在母亲耳边说起话来，因为他确信朴钟浩博士一定可以听到。

"朴博士，您现在能听到我的声音吧？我因为您一手创造的 RVP 而受到了极大的侮辱。不仅含冤背负了杀人犯的罪名，弄丢了公司，还屡屡受到死亡的威胁。

"听说您为了新一代刑法体系的建立煞费苦心，如果真是这样的话，我觉得您应该多少对我这么久以来所经受的种种负一点责任。请您露面吧，我想当面和您谈一谈。"

朴博士如果真的在明淑的体内放置了什么监视器或窃听器的话，那他一定正在观察着眼前发生的一切，也就会在母亲杀死民旭后的一瞬间让母亲消失。不，说不定他的手里现在就拿着能让 RV 崔明淑消失的按钮。

尽管民旭是个杀人无数的罪犯，但振宏也不想看到自己的朋友被母亲亲手"审判"的那一幕。他也不能允许母亲再次伤害别人的生命。他只想治好母亲，好好地孝敬她，让她能平平安安地在所剩无几的岁月里颐养天年。

"母亲希望我尽快结婚，那我现在就找个合适的女人和她结婚，让母亲见见自己的儿媳，让她抱上孙子。如果能看到孩子们在自己眼前活蹦乱跳的样子，那母亲一定会笑得合不拢嘴的。让她在无忧无虑的生活中安享晚年，等她百年之后再将她好好安葬。"

振宏心里有着十足的把握，因为他知道朴博士和他一样也是在残忍的罪犯手中失去了家人。只要他曾经历过这种伤痛，他就不会拒绝自己殷切的请求。

话音刚落，明淑就静静地睁开了眼。她用欣赏似的眼光看了看蹲在自己身旁的儿子，然后轻轻动了动身体。那样子就像个被人操控的提线木偶，动作总让人感觉有些怪异。她打开推拉门，歪歪斜斜地走向了屋子外面的走廊，那样子仿佛是在告诉他们要跟在自己身后。

设计大厦四层的顶层休息室里，到处都是孩子们的欢声笑语，他们正和父母一起聚精会神地观察着体验馆里展出的展品，全然没有察觉到从自己身后穿行而过的杀人狂，监视着他的探员们以及 RV。

明淑并没有选择乘电梯，而是沿着螺旋形的紧急楼梯下到底层，有气无力地穿过博物馆和图书馆，走出了一层大厅。

初冬时节，阳光还依然和煦，街上到处都是举家出行的人。历史公园里，卖棉花糖、冰激凌还有气球的小商贩随处可见。因为担心民旭有可能乘乱逃跑，夏萤和敬采分别站在他的两边，在移动的过程中紧紧地抓着他的胳膊。

就在他们穿过遗迹展示馆旁一条两侧种着松树的小路的时候，一个右手腕上系着黄色氢气球的小孩儿突然冒了出来，那孩子两只手上各握着一根雪糕。明淑像是在等谁似的突然停在了那孩子面前，那孩子先是递给明淑一根雪糕，然后两个人手牵着手一起又向前走去。

夏萤和敬采互相看了看对方。

那不是智珉吗？他虽然身上还穿着夏天的衣服，但小脸上却透着昨晚见到他时还没有的红扑扑的血色。

"那个孩子是谁啊？这么冷的天怎么还穿着夏天的衣服？"

"他就是智珉，朴钟浩博士已经死去的儿子。"

"可是再怎么说……就那么穿着短袖短裤在外面活动，别人看到了难道不会觉得奇怪吗？"

听到振宏的这一番话，敬采扑哧一声笑了。

"对啊，我第一次见到他的时候也是这么想的。可是你看看周围，公园里的人没有一个注意到他的。"

除了母亲之外，振宏从未见过别的 RV，所以他以为智珉不过是个普通的孩子罢了。

那孩子的个头刚能到自己的腰部，生得眉清目秀，甚是可爱。再加上那天真的表情，更是惹人怜爱。现在，他完全可以理解朴博士当初在失去这个孩子时所受到的巨大打击。

吃完冰激凌的智珉回过头去把那只绑着气球的手伸向了振宏。振宏见状，赶忙上前抓住了他的手。智珉就那样被两个大人拉着调皮地玩起了荡秋千，他的力气越来越大，到后来都快要踢到振宏的肩膀上来了。

虽然此时西海已是乌云密布，但首尔还依旧是万里晴空。

"那个……"

智珉用手指了指放在前面不远处角落里的一把长椅，那里坐着一对正在吃便当的夫妻。

"那儿不行，那儿已经有人坐了。"

他明白了智珉的意思，摇了摇头。

"没……关系。"

智珉说着又指了指那把长椅。坐在长椅上的夫妻好像已经吃完了午饭，正在收拾餐具。等振宏靠过去的时候，他们已经收拾好了一切走去别的地方了。

三个人坐在了长椅上，跟在后面的敬采，夏萤和民旭则站在了长椅后面。振宏看了看四周，心想智珉既然让他们坐在这里，那么朴博士应该马上就会出现了吧。

"不会的。"

坐在长椅上不停摆动着自己两条腿的智珉突然说话了。

"你说什么？"

"我就在这儿。"

智珉说话的声音变了，眼神也变了，看上去再也不像是一个孩子的眼神了。

是朴博士，此时不知深藏何处的他正在利用自己的儿子帮自己传话。更让人震惊的是他竟然看出了振宏的心思。

智珉解开了绑在手腕上的线，那线上拴着的鲜黄色气球便晃晃悠悠地向空中飞去。振宏一直眺望着那气球，直到它从蔚蓝的天空中彻底消失。

"朝鲜王朝时期有个叫鱼叔权的人，他写了本名叫《稗官杂记》的书，这本书里记载过能让人死而复生的方法。"

一个七岁孩子的嘴里竟冒出了只有大人才能说出的话。站在振宏身后的两名探员也察觉到了振宏已经通过智珉与朴博士成功取得联系的事，紧紧靠了过来。智珉继续说道：

"上面说只要将猝死之人的无名指弄破，然后用流出来的血在他的额头上写个字儿。这个字就是'鬼'，鬼神的'鬼'字。那么那些丧失了灵魂而死去的肉身就能重返人间。你们觉得呢？"

这不过是个单纯的传说罢了。随便写几个字就能左右一个人的生命？简直就是天方夜谭。

智珉仿佛又看透了振宏的心思，用手抠着下巴微微摇了摇头。

"是吗？原来你是这么想的，但这恰恰是让我感到震惊的地方。用文字使人还魂，让已死之人死而复生，也许这样的桥段出现在情节跌宕起伏的虚构故事里还有情可原，但在现实生活中这明摆着就是不可能的事。如果语言是一个故事的骨与肉，那么文字就变成了奇妙的护身符，从而将死人重新救了回来。"

朴博士为什么突然唠叨起这些事来？这和 RV 之间又有什么关系呢？难道他是想告诉我们他已破解的人类复活之谜里还有什么别的故事吗？

"并不是只有人类才有灵魂，'故事'也像人一样有它自己的灵魂与生命。无论多么荒谬的故事都要先确立一个大框架，然后再在这个大框架内进行创作。那些看起来绝无可能的怪事其实也没什么，不过就像是在做梦，对人死而复生不觉得奇怪，小孩子能像大人一样说话也未尝不可。"

博士展开两只胳膊问道：

"看看这个世界，她是不是特别的美好？"

坐在他们对面长椅上的一对恋人正在给歇脚在公园里的鸟儿们喂食。它们一个个身披耀眼的白色羽毛，用尖尖的喙在碎石子之间来回啄食着，争先恐后地想要填饱自己的肚子。那对恋人则被这些小生命体紧紧包围着，尽情享受着他们的青春年华。

在那对恋人身后，跟着父母一起出来玩儿的孩子们正快乐地享受着这宁静的午后时光。这一切就像乔治·修拉①的风景画一样，看上去都是那么的舒适而柔和。

"但问题是，这样美好的一切正在受到威胁，越来越多怪异的人来到了这个世界。他们丧失了作为一个人所应该具备的素养，他们更像是一群野兽。我把他们称作行尸走肉，而且我很喜欢这个称呼。

"虽然同被称为罪犯，但这些罪犯就一定都相同吗？

"我看未必。

"那些多少还有点人性的罪犯，他们还戴着人的面具，只

①译者注：乔治 修拉（Georges Seurat），法国人，十九世纪"新印象主义"画派的代表人物。

要对之施以关心和帮助，他们就还有洗心革面、重新做人的可能。但还有一类则是无论你投入多少时间、人力和物力都不可能让其回心转意的罪犯。

"他们是一群从一开始就缺乏人身上的某些特质的生物。他们不知道别人和自己一样也是人，不会考虑别人的立场和感受，他们的眼里只有自己的利益和快乐，因而把这些看得比别人的生命还重要。直到死的那天他们都不会明白什么是生活的本质，最后只能像个禽兽一样咽气。"

智珉看了看站在长椅后面的民旭。

听完智珉所讲的故事，民旭一声冷笑。如果不是两个探员牢牢地抓着他的胳膊，估计他早已经要了这孩子的命。

"就算是为了这样的败类，刑罚制度也应该改一改了。"

振宏听到这话皱了一下眉头。

"您所构想的新的刑罚制度，就是让被害人复活然后亲自'审判'凶手的制度吧？不过这真的是一种更好的方法吗？那些已经死去的人他们愿意这样做吗？他们也想杀了凶手？我母亲可不是那样的人。虽然她悲惨地死在了那个罪犯的手里，但她绝不希望自己也成为一个杀人犯。您所创造出的 SSS 已经严重亵渎了那些死者的尊严。"

"亵渎死者的尊严？"

智珉笑了笑，仿佛是听了一个十分有趣的笑话。

"你生气啦？是为你已经死去的母亲吗？"

那孩子一直咯咯地笑个不停。

笑声一停，智珉的嘴就像连珠炮似的开动了起来。原以为他会为他的 SSS 做一番辩解，但他并没有这么做，而是将那些惨死在民旭手里的无辜受害者们一一列举了出来。

被民旭杀害的都是些离家出走的学生和独身一人的女子，这些"无主之人"即使失踪了也不会被轻易发现。他先用药把她们迷倒，之后将她们带往自己的魔窟加以蹂躏，最后再用极其残忍的方式伤害和虐待她们的身体直到夺走她们的生命。博士说他魔窟前的院子里至今还埋着一些被害人的尸首，而附近的荒山也新发现了几具尸体。这详细的描写让周围的人无一不想问问他究竟是怎么知道这一切的。

在这个风和日丽的日子里，一个无比纯真的孩子竟然揭露了至今仍然被掩盖着的罪恶和残忍的一幕幕。这与那些随随便便就能在新闻里听到，但听完之后便又会被马上忘记的故事如出一辙，不过又是一起杀人案罢了。但这是振宏头一次在面对如此清晰的犯罪事实时感到害怕。

现在这个正在说话的少年已经死过一次了，不知是谁杀害了这个长着桃花般粉扑扑小脸和水汪汪眼睛的孩子。这太可怕了，太让人心痛了，他对父母殷切的呼唤会让他们无法抑制住自己的泪水。亲眼目击了母亲在自己面前死去的振宏对这样一种痛苦深有体会。

这个孩子所讲述的被害人的故事听起来一点也不像是别人家的事。假如振宏能早一点察觉到民旭的异常心理的话，说不定这些人就不会死了，就能将他们从这骇人听闻的苦痛之中解救出来。

与此时深陷苦闷之中的振宏不同，民旭正不怀好意地笑着。那得意扬扬的样子就像自己是个建了功立了业的大人物似的，他陶醉在这种"优越感"里无法自拔。突然，他像是再也忍不下去了似的插了句话。

"你也该去体味一下那种感觉。"

那声音里满是兴奋，让人不由得吃了一惊。

"振宏啊，你也应该去感受一下我所感受到的那种快乐，嗯，那种感觉真是妙不可言！把死了的女人搂在怀里的感觉和就那么抱着她们时的感觉可完全不一样。我残忍地杀害了她们？振宏，你这是哪里的话，我可一直都是个以慈悲为怀的人。她们的生命能终结在我的手里才让她们有幸感受到了此生最大的快乐，那是一种她们活了一辈子都未曾体会过的快乐啊。

"反正发生关系时，女人阴道里的肌肉都会抽搐嘛。我只是在她们达到高潮的瞬间，在她们所有的脑细胞都在分泌催产素的瞬间，把死亡带给了她们，好让她们全身的肌肉能保持长时间的僵硬，再用上大剂量的高纯度毒品来延长她们的快感，减轻她们的痛苦。至于说我在她们还活着的时候砍断她们的四肢，那不过是前戏罢了。人的身体是很神奇的，因为当它遭受严重创伤的时候，它会自动分泌吗啡。"

民旭就像个醉汉一样痴痴地笑着，双目无神。

"这些话我如果早点说了就好了，那样的话你不就也能和我一起享受这一切了吗？真是遗憾啊，但并不是为我要进监狱了而感到遗憾。不管是钱也好，女人也好，快乐也好，我都算是已经品尝过人这辈子所能享受到的最大的快乐了。即使我在监狱里待个三年五载，我心中所留存的这些快乐的回忆也不会消失。

"我是为你感到遗憾啊！一直以来，你都是以一种无知的状态活到了现在，以后你也会继续像这样枯燥地活下去吧。你无法体会到这种至高无上的快乐，也不会知道这种喜悦的存在，要是能和你一起做一次这样的事该有多好。这样的话你不仅不会再用那样的眼神看我，反而还会感激我，区区杀你母亲的小事也就不会暴露了。搞不好你还会变成我真正的合作伙伴呢！你去做一次，就一次，只要你用我的方法把那些女人抱在怀里的话……"

民旭的这段话让在场的人无一不感到震惊，久久地在人的脑海里回荡着。

"杀我母亲的小事？！"

"你不要咬文嚼字嘛，你要是能跳出常识，真正领会到我话里的真意的话，你就能看到一个让你更为震惊的世界。"

民旭向后退了半步。振宏竭尽全力想要抑制住内心的怒火，但并不顺利，两只手不停地颤抖着。

一旁的智珉瞪大了双眼，仿佛在饶有兴味地观察着振宏心中那激荡起的情感浪花。博士开口问道：

"看来那位朋友也是个完全无法被教化的行尸走肉啊，在他身上浪费税金还有什么意义？就让他整天享受着热乎的三餐和舒适的安眠之所，这样悠然自得地继续活下去吗？你也知道，死刑制度其实早已经被废除了，监狱现在已经堕落为这些罪大恶极之人用来养老的安乐窝了。

"把这些残忍的罪犯聚集在一起，不知什么时候才能让他们洗心革面，最终只能漫无目的地耗下去罢了。经过如此漫长的历史演进，人类今天所收获的最好的刑罚方式竟是个'善'字，如果女神朱斯提提亚①得知这一切的话，她一定会大发雷霆，怒

---

①译者注：朱斯提提亚(Justitia)古罗马神话中主掌法律的"正义女神"。

不可遏。"

振宏做了个深呼吸。

朴钟浩博士与振宏两个人有个共同点，那就是他们的内心中都有着完全相同的伤痛。这种伤痛洗不净，忘不掉，更无法克服，只能任由它纠缠自己一生。这镌刻在灵魂上的痛就像是一扇通往地狱的窗，各种各样消极的情感源源不断地从里面涌出。有挥之不去的愤怒与杀气，有忧郁与无力，还有那永远根植在心中的自责。

振宏在心理上已经倒向朴钟浩博士一边了。他已经迫不及待地想要摘掉母亲头上的眼罩，让她直面民旭，这种诱惑不停地在他的指尖游移。

那种败类就不配活着。

"那么你心目中的最佳刑罚方式到底是什么？对SSS，不，对RVP你感到满意吗？你从丧子之痛中走出来了吗？你的所作所为表面上看起来确实是有正当的名义，可你和那些杀了人的罪犯又有什么区别？不过是牺牲者和犯罪分子的区别而已，到头来你不也是个杀人犯吗？"

智珉只是笑了笑，像是在享受着什么。

"原来你以为SSS和RVP是一样的啊，它们俩可完全不同。"

"不同？"

智珉从椅子上站起身来，向身后的民旭走去。民旭一看那孩子走了过来，满怀戒备地死死盯着他。

"你问我什么是世上最好的刑罚？失去儿子之后，我的生活里便只剩下了忧愁和苦闷。有一天，当我按着疼痛欲裂的胸口在他的墓地前徘徊的时候，我突然明白了，到底什么才是最好的刑罚。"

博士停顿了一下接着说道：

"最好的刑罚就是爱啊，一个多么简单的措施。感到难受的不应该是我，而应该是那些做了恶的罪犯才对。什么是最好的刑罚？那就是让他们懂得什么是爱，对自己所害之人的强烈的爱。"

振宏不得不怀疑起自己的耳朵来。据说那些一生都与世隔绝的天才们偶尔会因为完全沉浸在自己的世界里而发疯。朴博士也是如此，他也许已经疯了。

智珉又回到椅子上坐下，甩着小腿继续说道：

"自己的行为会给她们的家人带来怎样的伤害，被害人被害时有多么的痛苦，这才是这些人所考虑的问题。但这绝不像宗教教义那般浪漫，而是采取最具进步意义刑罚措施的重要条件。我研制出的系统正好能同时满足彻底的教化和严厉的惩罚这两个条件。"

当振宏意识到朴博士已经疯了的那一刻，他也明白了母亲行动异常的原因所在。现在似乎连仅有的一丝希望也走向了破灭，说不定能治好母亲的方法已经从这个地球上彻底消失了。朴钟浩博士想要的正义不过就像是"同态复仇法"一样一命抵一命罢了。他现在也像其他疯子一样沉浸在自己的世界和自私自利里。他一直怀着对谋害自己儿子凶手的无限怨恨度过了一生，没想到最终竟被犯罪分子同化。他已经变成了一个嗜血成性的怪物，专喝那些犯罪分子的血。不看到民旭死，他绝不会罢手。

"沉着，一定要沉着。"

振宏心中暗想，一定不能听信博士的花言巧语，被他牵着鼻子走。现在，机不可失，失不再来。振宏悄悄抓住了智珉的手。

是时候做笔交易了。

"你读懂我的想法了吗？"

智珉没说话，只是盯着振宏的眼睛。

"我会按照你想要的方式去帮你，尽最大的可能来实现你想要的正义。"

"你想怎么办？"智珉问道。

站在长椅后的探员们完全不明白对面这两个人你来我往的

眼神和对话。他们都不约而同地沉下脸来。

"我不希望看到妈变成杀人犯，更无法容忍她手上沾上别人的血，所以……"

振宏的方案很简单。

由他来代替母亲解决民旭，然后让朴博士解除母亲的 RV 状态。博士听完后看着民旭，陷入了长久的沉默。

"那样做没问题？"

"可是他难道不该死吗？"

"杀人可不像听上去那么简单，一旦迈出了这一步就会给人的精神世界造成无法挽回的创伤。我只是为你感到惋惜啊，不想看到你就这么被毁了。就按照我的方式来办难道不行吗？不然，按照他们的方式办也好。"

朴博士冲着两个探员努了努嘴。

"我是看你受了这么长时间的苦才特别照顾你的，你把你朋友送到监狱里去就行了。只要你从两个里面选一个，我就让你母亲恢复正常。"

振宏被吓了一跳，他没想到博士会说出这样的话来。

刚才向博士提出的方案现在又原封不动地回到了自己这边。博士这是在逼自己做出选择，是让母亲杀了民旭，还是按照法定程序将民旭送上法庭。选了博士的方法，民旭就会死，选了现实世界的方法，他就能活下来。

振宏生平第一次如此认真地窥视着自己的内心。长椅后的三个人似乎察觉到了这边正在进行的交易，仔细监视着这里的情况，一脸的焦躁与不安。民旭张着嘴，一副乞求得到饶恕的样子。

"救救我，救救我，振宏啊！你会救我的对吧？嗯？我知道你是个好人。"

奇怪的是，明媚的阳光之下他的脸看上去竟是那么的黯淡，也许是因为他已经意识到了此时振宏心情愈发沉重的原因。振宏也看到了长椅另一头的母亲，她正像傻子一样呆坐在树下，大张着嘴。

许久，两个人就那么互相看着对方。虽然结论已经有了，但振宏又打起了别的主意。

"让别的 RV 来做难道不行吗？他杀了很多人啊，将那些被害人都变成 RV，然后……"

振宏话还没说完就后悔了，连他自己都被自己的提议吓了一跳。因为他的言下之意是只要不是母亲，其他人不管是谁杀了民旭都无所谓。智珉笑了。

"到最后，你的心思也变得和我的一样了嘛。"

振宏眼前又一次浮现出了母亲遇害时的场景，还有和母亲在一起时的美好回忆。没错，这才是他的真实想法，他不希望看到民旭活着。

"好，就这么办吧。那种家伙根本就不值得宽恕，倒不如早点死了，世上还能少一个祸害。"

博士仿佛又明白了振宏的意思，同意地点了点头。

"这就是你对他下的判决吧？"

坐在长椅上的明淑自己摘掉了头上的眼罩。她变得像当初杀死李青城时一样，嘴里开始咕哝起奇怪的话来。她慢慢地回过头，目光停在了站在身后的民旭身上。民旭瞬间变得脸色煞白。

接着，明淑便向民旭走了过去。守在两边的探员为了保护民旭纷纷从怀里掏出了手枪。

"朴钟浩博士！请你马上取消 RV 的行动！市民们……会殃及周围无辜的市民的啊！"

可不管敬采怎么喊都不起作用。面对眼前的这场骚动，智珉就像是在欣赏一场有趣的游戏，静静地坐在那儿看着。

砰！子弹出膛的声音响彻公园的上空，这是夏萤为了向周围的人提醒即将到来的危险而朝天开的一枪。

然而公园里的人们并没有在意，依旧专注在自己的事情里，散步的散步，吃饭的吃饭，喂鸟的喂鸟，买气球的买气球，就像压根儿没听到枪声似的。慌张的夏萤又向空中开了一枪，但还是收效甚微。

人们好像都是被动员而来的临时演员，各行其事，对这边发生的情况毫不在意。

"难道……聚集在这里的所有人都是 RV？"

振宏不由得打了个冷战，一想到这儿就让人怕得都要起鸡皮疙瘩了。

明淑继续向民旭靠近，一副气势汹汹急于复仇的样子，一步步地走向那个杀害自己的凶手。

周围的市民渐渐开始向这里聚拢了过来。他们瞳孔扩散，眼神呆滞，慢慢地将敬采和夏萤围了起来。两人一边反抗一边挣扎着，但却丝毫不起作用，人太多了。

这些人一边前进一边高呼：

"让他。"

"做出。"

"判断！"

"让他。"

"接受。"

"审判！"

并不是所有人都在同一时间喊出相同的句子，而是一个人先说一个词，然后紧接着由另一个人接下一个词的方式，像是在传递什么消息一样。博士为了让自己想要的结果快点到来，像操纵木偶一样控制了几个 RV。

"别。"

"觉得。"

"他可怜。"

"别。"

"觉得。"

"他可怜。"

无数失去灵魂的人就像机器人一样井井有条地移动着向这边扑来的样子与人间地狱别无二致。

"拥有。"

"审判。"

"他的。"

"资。"

"格。"

"的人。"

"只有。"

"一个。"

"有资格。"

"的人。"

"只有一。"

"个。"

不一会儿，夏萤就被 RV 们牢牢控制住了。

"啊……！"

即使听到了她的哀鸣，敬采此时也无计可施，因为他也被 RV 们团团围住，动弹不得。他的枪掉在了地上，淹没在了人群里。没了两个探员的控制，民旭"幸运"地恢复了自由。

"Giudizo。"

"Giudi。"

"zo。"

"Giu。"

"di。"

"zo。"

周围的人，甚至连 RV 们也没有一个有要去抓民旭的迹象，只是一个劲儿地高喊着"有资格审判的人只有一个"这句话。

缠着民旭的人只有崔明淑。

经历了短暂的恐慌之后，民旭看了看眼前的局势，紧接着拔腿就跑，他可不想错过这个绝佳的逃跑机会。

明淑也像电光石火一样飞一般地追了上去。忙着逃命的民旭顺手捡起了敬采刚才掉落在地上的手枪。

　　然后毫不犹豫地将枪口对准了明淑。

　　砰！砰！砰！

　　平时打飞碟练出来的精湛的射击实力在这一刻大放异彩。明淑的胳膊和腿都中弹了，她的动作迟缓了下来。即使是 RV，中枪的话也会像普通人一样受伤。民旭的嘴角浮现出一丝笑意，他集中精神瞄准了明淑身上的要害部位，然后将子弹全部打了出去。正在公园里找食吃的鸽子们惊叫着一齐向远方飞走了。

　　明淑没有出声，因为她再也出不了声了。

　　母亲甚至还没来得及喊一声便又一次在自己面前被人杀害，这一次，振宏的心被彻底击碎了。

　　子弹分别射进了明淑的头部和胸腔。

　　中了枪的她失去了平衡，重重地倒在了地上。民旭一看到身后的敌人被自己放倒，长长地松了一口气，转过身来又确认了一下，然后头也不回地开始狂奔起来。

　　太阳依旧将路上的石子照得闪闪发光，天空还依旧蔚蓝。

　　振宏胸中的一腔愤怒像火一样熊熊燃烧着，他的眼里现在只有那个正穿行在公园里夺命狂奔的杀人犯的背影。绝不能饶了他！被 RV 们束缚住的夏萤拼尽全力将手里的枪扔向了振宏。枪在空中划出一道圆滑的抛物线后被振宏一把抓在了手里。

　　"这就是你对他下的判决吧？"

　　不知什么时候出现的朴博士此时正坐在长椅上观察着这一切。振宏想起了那张博士抱着自己年幼儿子的照片，照片上的他比现在年轻得多，也精神得多。那苍苍白发和充满善意的眼神，让人怎么看都不会将他与疯子相提并论。然而，博士并没有阻止振宏，即使他想要阻止也会遭到振宏的拒绝。这样他才能清楚地看清一切。

　　振宏做出了回答。

　　"对，这就是我真正想对那个浑蛋下的判决。"振宏举起枪，瞄准了正在逃跑的民旭的后背。

第十章　审判

耳边回荡着人们叽叽喳喳的说话声，头很晕，视力也还没恢复，眼前一片模糊。屋顶上好像挂着一台经常能在手术室之类的地方见到的无影灯。

"快完了吗？"

一个熟悉的声音传了过来。

"嗯！马上就会有反应了。"

有人拔掉了连在自己额头上的电线。头很痛，反复眨了几次眼才看清楚眼前的情况。

那是一张熟悉的脸，眼神直勾勾的，就像在看什么稀奇动物一样看着自己。难道是自己在照镜子吗？他想。

一个和自己长得一模一样的人就站在床头低头看着自己，身上穿着一件大翻领外套，那衣服不是姐姐送给自己的礼物吗？

"克隆人……？"

他突然发现自己的声音竟像另外一个人一样，非常陌生。

那个和自己长得一模一样的家伙露出一副轻蔑的表情，回过头和旁边的医生说起话来。

"他什么时候才能恢复记忆啊？"

"再等等吧，毕竟解毒还需要一些时间。"

视力渐渐恢复了，他也看清了自己周围的一切。

这是个没有窗户、四周密闭的地方，身下躺着的与其说是张床其实更像是一张手术台，床边放着几台看上去很复杂的机器和巨大的显示器。

"母亲呢……？我母亲在哪儿？"

屋里没有人回答他。显示器上所显示出的画面正是振宏脑海里最后的记忆——民旭在公园里疯狂逃窜时的背影。

画面上方有几个红色的小字。

[SSS 终结]

[Prisoner No.102-2745 Case-1 Complete.]

透过右手边的玻璃墙，可以看到三十多个陪审员模样的人坐在里面。医生拿起话筒开始了他的说明。

"102-2745号犯人李民旭的SSS场景一到此就算完结了。虽然因为药物的作用我们现在还无法让他完全恢复意识，但通

过刚才我们所展示的觉醒反应，你们应该已经充分体会到了
SSS 的优越性。

"犯人 102-2745 号一从虚拟现实中苏醒过来就立即问道
'母亲'的安危，这就可以说明在感情和情绪上，他已经在某
种程度上恢复了为被害人崔明淑感到担忧的能力。今后继续服
药的话，他接受别人观点的能力将会大幅提高。"

之后男医生把话筒交给了一个身材高挑的女医生。她以显
示器中所出现的画面作为补充材料，做了一些更详细的技术说
明。她简单介绍了一下精神疾病患者的脑部缺陷问题，然后说
为了对此做出弥补，在服药后，要让患者经历一个虚拟现实的
治疗过程。

"我们先从被害人家属那里提取出部分记忆，然后将之重
建为一个完整故事。我们就以这个故事为背景，让犯人的大脑
去经历这个由记忆建构出的虚拟现实。在虚拟现实世界中，我
们让犯人成为被害人家属中的某一个，从而使他能站在客观的
角度来看待自己当初所犯下的罪行。犯人也因此能直接体会到
自己的行为给他人带来的恶劣影响。

"众所周知，SSS 项目现在还只适用于那些被确诊为精神
疾病患者的犯人。

"而他们与正常人的最大不同之处就在于他们负责分泌激

素的大脑前额叶出现了问题。因此，在运行 SSS 的时候，我们会在犯人体内注射适量的血清素，让他们无法感知到自己其实是另一个与自己不同的自我。同时在相应部位施以电信号，来弱化其前额叶、侧顶叶、侧头骨及其后部大脑区域的机能，就会让这种人体的'自我警戒'暂时失效。因为不论你构建出的虚拟现实世界是一个多么真实、教化效果多么好的故事，只要激素分泌没有达到正常水平，就无法获得有效的治疗效果。"

那女子的声音并不陌生，与负责徐振宏案的探员白夏莹的声音一模一样。虽然容貌大相径庭，但那声音确实像播音员一样无可挑剔，干净利落，她绝对就是夏莹。而仔细一想，之前说话的那个男医生的声音不就是敬采吗？

在进行说明的过程中，那女子时不时地瞅一瞅躺在床上的民旭。怎么看，她都像是在为了等他恢复过来而故意喋喋不休。其实，振宏并不是很明白她的这一番长篇大论，脑袋像刚从睡梦中醒来时似的昏昏沉沉。

伴随着一阵刺痛，民旭感觉到自己右胳膊上被人扎了一针。

渐渐的，他恢复了知觉。

紧接着，女医生将介绍的主题转向了 SSS 的历史。

自进入 21 世纪以来，与以往的犯罪形式不大相同的新型恶性犯罪有所抬头。由于死刑制度的无效和弊端，越来越多的人加入到了反思死刑制度的行列中来，针对新一代刑罚制度的研究也由此开始。

经过对个人苦难的升华，朴钟浩博士最终创造出了 SSS。为了肯定他的这一伟大成就，他前不久被授予了诺贝尔和平奖。在 SSS 运行的早期，有些犯人遭受了致命的脑部损伤，有些则因为无法克服自己的罪行所带来的巨大精神打击而选择了自杀。

如今 SSS 中的虚拟现实虽然是由从受害人家属那里提取出的部分记忆构建出来的，但与此同时，受害人所遭受的痛苦和苦难也不可避免地被真实再现了出来，这一现象所带来的伦理上的争议也为 SSS 招致了许多攻击。因为在 SSS 的运行过程中，罪犯会在虚拟现实中成为自己所犯罪行的受害者，而这常常会造成犯人休克甚至死亡。

但现在，SSS 已经变得非常安全。完成 SSS 治疗的犯罪分子就像是经历了一次宗教体验一样，会变得顺从而温和，并会真诚地对自己所犯下的罪行进行忏悔。凝结着犯罪分子真情实感的悔改会为受害者家属精神创伤的修复带来巨大的帮助。

耶鲁大学心理学教授托马斯·克拉克曾经做过一个调查。他尝试着为一些受害者家属和成功完成 SSS 治疗的凶手安排了一次会面，之后他对那些实现了与凶手会面的受害者家属和没能实现会面的受害者家属的健康状况进行了对比，发现前者摆脱失眠与忧郁症的概率要高于后者五倍以上。

"下面让我们来看一段 102-2745 号犯人在使用 SSS 之前所拍摄的影像资料。"

民旭穿着红色的囚服出现在了大屏幕上。犯人 102-2745 号戴着手铐，对着坐在安全玻璃另一边的振宏说：

"你也该去体味一下那种感觉。"

民旭的眼神里透着狂妄。

"振宏啊，你也应该去感受一下我所感受到的那种快乐，嗯，那种感觉真是妙不可言！把死了的女人搂在怀里的感觉和就那么抱着她们时的感觉可完全不一样。我残忍地杀害了她们？振宏，你这是哪里的话，我可一直都是个以慈悲为怀的人。她们的生命能终结在我的手里才让她们有幸感受到了此生最大的快乐，那是一种她们活了一辈子都未曾体会过的快乐啊。

"反正发生关系时，女人阴道里的肌肉都会抽搐嘛。我只是在她们达到高潮的瞬间，在她们所有的脑细胞都在分泌催产素的瞬间，把死亡带给了她们，好让她们全身的肌肉能保持长时间的僵硬，再用上大剂量的高纯度毒品来延长她们的快感，减轻她们的痛苦。"

犯人 102-2745 号没有理睬一脸惊愕的振宏，继续念叨着自己的理论。

"这些话我如果早点说了就好了，那样的话你不就也能和我一起享受这一切了吗？真是遗憾啊，但并不是为我要进监狱了而感到遗憾。不管是钱也好，女人也好，快乐也好，我都算是已经品尝过人这辈子所能享受到的最大的快乐了。即使我在监狱里待个三年五载，我心中所留存的这些快乐的回忆也不会消失。

"我是为你感到遗憾啊！一直以来你都是以一种无知的状态活到了现在，以后你也会继续像这样枯燥地活下去吧。你无法体会到这种至高无上的快乐，也不会知道这种喜悦的存在，要是能和你一起做一次这样的事该有多好。这样的话你不仅不会再用那样的眼神看我，反而还会感激我，区区杀你母亲的小事也就不会暴露了。搞不好你还会变成我真正的合作伙伴呢！你去做一次，就一次，只要你用我的方法把那些女人抱在怀里的话……"

一名穿着白大褂的女子暂停了正在播放着的录像。

"这是犯人入狱之后我们所拍摄的画面。我们将犯人所说的话原封不动地移植到了 SSS 中。就像你们所看到的，虽然这些都是他曾经自己说过的话，但 102-2745 号犯人在'场景一'

中一听到这段话，他的脉搏和肾上腺素分泌都出现了迅速上升趋势，这是典型的愤怒反应。下面我们来看一下另外一段视频，这是我们刚才从 SSS 中提取出的影像。"

说完，她按下了播放键。

地点是东大门历史公园。智珉和民旭两个人正在对话。

"……虽然她悲惨地死在了那个罪犯的手里，但她绝不希望自己也成为一个杀人犯。您所创造出的 SSS 已经严重亵渎了那些死者的尊严。"

"亵渎死人的尊严？"

智珉笑了笑，仿佛是听了一个十分有趣的笑话。

"你生气啦？是为你已经死去的母亲吗？"

女子又一次暂停了录像。

"这是一个值得密切关注的变化。现实世界中，杀害了包括徐振宏母亲在内的多位女性的罪犯在经过 SSS 的治疗后，竟然开始担心起那些去世之人的尊严来。犯人 102-2745 号不仅完全把徐振宏的母亲当作了自己的母亲，他甚至为了那些死去的人不惜放弃自己苦心经营的公司，这就是 SSS 的力量。"

振宏，不，民旭躺在床上动了动身体，红色的囚服上清楚地写着编号 102-2745。虽然头痛还在持续，但他已经恢复了所有的记忆。自己嘟囔着从牢房里走出来的事，被要求躺在手术台上的事，还有自己在进行 SSS 之前辱骂振宏和其他人的事，他都清清楚楚地记了起来。

与此同时，他也想起了博士在虚拟现实世界中所说的话。

"你问我什么是世上最好的刑罚？失去儿子之后，我的生活里便只剩下了忧愁和苦闷。有一天，当我按着疼痛欲裂的胸口在他的墓地前徘徊的时候，我突然明白了，到底什么才是最好的刑罚。

"最好的刑罚就是爱啊，一个多么简单的措施。感到难受的不应该是我，而应该是那些做了恶的罪犯才对。什么是最好的刑罚？那就是让他们懂得什么是爱，对自己所害之人的强烈的爱。

"自己的行为会给她们的家人带来怎样的伤害，被害人被害时有多么的痛苦，这才是这些人所考虑的问题。但这绝不像宗教教义那般浪漫，而是采取最具进步意义的刑罚措施的重要条件。我研制出的系统正好能同时满足彻底的教化和严厉的惩罚这两个条件。"

民旭扫了一眼坐在玻璃墙另一边的人们的脸，他看到了穿着翻领外套的振宏，也看到了玻璃墙上反射出的自己的面孔。

那是一张杀人犯的脸。

他又看了看自己的手，一瞬间，蹂躏并杀害了众多少女的回忆再次涌上心头。他把她们打扮得美丽动人，还给她们照相。在杀害了振宏母亲之后，他也没有放过那个曾经做过老师的中国人。他记起了这一切。

他也记起了姜牧师在虚拟现实世界中说过的一句话。

"宽恕并不是为了别人，而是为了你自己。"

现在，他终于明白了这句话的真正含义。他又想起了朴博士在最后一瞬间问自己的那个问题。

"这就是你对他下的判决吧？"

那女子继续做着说明。她说不管被害人家属的记忆再怎么带有自我意识，他们都能在 SSS 中将之完全转化为犯人自己的意识。

也就是说在 SSS 中，振宏选择向民旭开枪其实是他自愿对自己做出的死刑判决。

女人接着说。

"朴钟浩博士生前曾说过这样一段话：将给予宽恕的任务推给受害者，这样的现实对他们来说实在太残忍了，那是在将受害者再次推向强烈的憎恶、痛苦与创伤之中。而对于罪犯来说，他们不会感到一丝的自责与愧疚。终日在牢房里享清福的他们才是最应该为那些受害者分担其曾经所遭受的伤痛的人。在创造 SSS 的过程中，我萌生了一个想法，那就是让杀人犯用他们的自我意志去判断自己曾经犯下的罪过。

"在 SSS 中，犯人既是被害人也是凶手。在经历了 SSS 之后，他们会在无限的负罪感中受尽折磨，让他们恢复最具人性的情感——负罪感。他们可能会因为无法宽恕自己而希望终结自己的生命，那么就让他们在这种无法轻易原谅自己的状态中用一生去忏悔吧，这才是对那些沉浸在自己世界里的罪人来说最完美的审判。"

"别开玩笑了！"

民旭大声呼喊道。

什么完美审判，最佳刑罚！

民旭晃晃悠悠地从床上站起身来，将头倚在墙壁上，鲜血从额头上流了出来。

"别骗人了，这都不是真的！你说谎！"

在难忍的痛苦中，他想起了自己的母亲。

他想起了自己年幼时和母亲一起在客厅的地板上睡午觉的事。那时，母亲抱着自己，能感受到她那温暖的体温和呼吸。她还常常用被子把自己包起来。还有母亲大骂骑着摩托车的可疑分子后回家去的场景至今仍历历在目。他不相信这都是从别人那儿移植而来的记忆。

自己并不是明淑的儿子，而是收买别人杀死母亲的凶手。

医护人员赶忙给激动的民旭打了一针镇静剂。

"请不要担心，这是犯人在完成 SSS 后的常见错乱反应。虽然偶尔会出现犯人无法接受眼前的现实，导致持续精神错乱的情况，但这并不是各位受害者家属需要担心的问题。这是犯人自己在内心世界中惩罚自己的表现，因为对人来说，这种自责意识是一种再正常不过的情感。

"我们的医护人员一定会尽全力使犯人得到恢复，同时还要告诉大家，102-2745 号犯人的 SSS 将会按原计划顺利推进到最后一个场景。

"那么我们下次再见了，祝你们平安！"

女医生频频向观众点头以示问候，玻璃墙的另一边顿时爆发出雷鸣般的掌声。

那其中还有人在默默流泪。

民旭被抬上担架缓缓送回了牢房。

惨死在他的手中的人共有十三个，在以后的日子里，还剩下十二个场景需要他去一一经历。

第六届韩国网络作家大奖颁奖词

　　第六届韩国网络作家奖评审委员会委员们本着公平公正的原则总共选出了十四部获奖作品。可以肯定的是，经过预审并最终通过严格复选的入围作品都有着很高的文学价值。以后，将文学分为规范文学和流派文学的文学二分法将会日渐衰微，在这一背景下，这些入围作品都很好地体现了作家对人性的思考以及对围绕在人周围的复杂社会体系本质的洞察。政府和各国侦查机关等对民众的监视以及作家们看待其多样的统治体系时所运用的社会学视角乃是本届大会所发现的最大收获。

　　肤浅没有深度，缺乏对人性的反思，这是一直以来人们对流派文学的偏见，而本次大会中涌现出的几部作品可以很好地反驳这种片面的观点。比如朴雪美的作品《我是个坏妈妈》，用推理式的笔法讲述了母亲和自己的两个儿子以及与小儿子的家庭教师之间发生的一系列凶案，同时通过设置多个叙述人，多种视角来带领读者一步步探究事情的真相。赵英珠的《来自福尔摩斯的信》，则用历史和推理小说的构造十分有趣地揭示了韩国流派文学的鼻祖金来成先生儿时在平壤是如何接触到西洋流派文学的故事，作家扎实而丰富的人文功底由此可见一斑。

朴夏翌的作品《终结》讲述了含冤而死的受害者死而复生，找到凶手并对他们进行审判的故事，题材有趣，引人入胜。这是一部以不远的将来作为故事背景的推理小说或者科幻小说，故事情节跌宕起伏，逆转连连，让人手不释卷。情节设置流畅而严密，有很强的可读性，同时又蕴含着作者对人之存在以及当世政治哲学的思考。这部作品将人性的罪与恶究竟该如何审判这种形而上学式的问题与有趣而精巧的小说式笔触紧密结合，评审委员会委员们很早就都一致得出了大奖非它莫属的结论。

将被授予特别奖的青少年组获奖作品是两篇使我们对未来韩国文学产生无比期待的佳作——李成友的《单间，樱花和你的礼物》和张廷旭的《Nor》。两部作品都创意十足，风格迥异，都是十分成熟的小说，但我们最终还是决定将唯一的特别奖授予《单间，樱花和你的礼物》。除了这两部作品的作者，我们期待以后能再次以文学的名义见到其他青少年参选人的面孔。

最后，对所有获奖作家们表示祝贺！而那些遗憾落选的参选人也不要失落，你们中的很多人以后定将会成为未来韩国的知名作家，所以与其说这是对现在的你们的鞭策，不如说是提前对未来的你们进行祝贺。评审委员们在阅读你们的作品时，无一不被作品里所体现出的丰富多彩而又独具匠心的想象力所打动。在这里再次先向所有的获奖者和参选人表示感谢和祝贺！

评审委员会委员长　李舜源

评审委员会委员　姜溪淑

金度谚

李光浩

许赞珍

作家后记

当我得知获奖的消息时，脑子里最先冒出的想法竟然是"假如明年真的是世界末日的话该怎么办？"

一时间为人们所广泛热议的"2012世界末日说"也没能动摇我的看法。当然，我也不想看到我的处女作刚一问世就不得不与这个世界一起消失。

在对拙作进行反复推敲的过程中，我常常深深地为地球和我们人类的未来感到担忧，一旦听说某个地方又出现了来历不明的 UFO 的消息则更是让我心慌不已。

首先对本次大会的所有参与者与评审委员会的委员们致以最诚挚的感谢！感谢你们对一个粗鄙之人给予的肯定，同时也感谢你们能以珍视的态度来思考人生。

大会闭幕的一个月之前，我万万不会想到自己也能有今天，能像那些著名作家一样得大奖，能出版自己的作品，还能洋洋洒洒地在自己的书后写着后记。

其实写之前只是抱着试试看的心态，没成想竟能如此的被幸运之神眷顾。

包括推理小说作家协会会长姜亨元先生在内的所有会员们、季刊《Mystery》朴光久先生、黄世妍编辑委员、孙善英秘书长、黔宫仁前辈、作家崔奭坤先生和韩国神秘小说作家协会的会员们、程明燮先生、韩一前辈、将我获奖的消息上传至推特并为我题写了推荐词的徐美爱前辈、作家金知雅女士、宋时雨先生、忠清北道小说家协会会长朴熙钏先生和安淑吉老师、作家金昌植先生、为了仔细校对我的文稿而操劳多日的诺布尔玛伊·伊布拉编辑、赵希胜组长，感谢你们！

同时，我要以个人名义对南成河牧师及他的夫人李贤熙女士、常与我一起祈祷的恩聪教会的全体圣徒、初高中部的老师和孩子们、日本基督教会卢英浩牧师及他的夫人、为了能让我顺利完成书稿在物质和精神上都给予了我极大支持的父母、赐予我伟岸丈夫的公公婆婆、任何时候都能给予我力量的哥哥们、我心爱的丈夫、最近已经开始尝试着自己翻身的小女儿，还有帅气的弟弟、敏正、正恩、成恩、惠媛、雅丽、美英，感谢你们！

最后，感谢对我一切的悲伤与快乐给予宽恕的主！

2012 年 4 月

朴椴翼